看庭前花開花落

亦舒

目錄

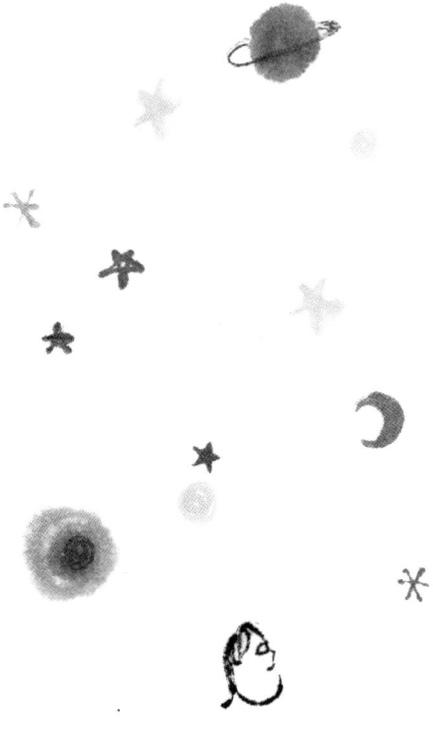

記憶片斷

（一）

咱們一家四口，五十年代「赤條條」來港，父親一生是小職員（呵我的父親），記憶中家裏只有一隻無線電是奢侈品，常播着首叫「七個寂寞日子」的英文流行曲。

爸在收工時帶返一冊「小露露」漫畫，我與弟弟便雀躍了。

生活是這樣的孤寂。

（二）

因我們原是上海人，在上海，我們也一應俱全，一樣都不缺。每星期日，外婆家的三輪車來接了，去大吃一頓，還帶着回來。

小阿姨送的積木玩具，秀姐織的絨線衫，呵大哥自燕京大學放假回家，鄰居有胖子、好婆他們，互相照應。

夏夜跟男孩子到曬台去捉蟋蟀，冬日下雪，也堆過兩吋來高的雪人，火柴頭作眼睛……

（三）

然後就到這個叫香港的不毛之地來了，大人的面孔黃且瘦，脾氣剛列，孩子們都會使壞，狠狠的問我：「你家有『士担』沒有？拿出來，我們就同你玩！」廣東人管郵票叫士担，因沒聽懂這種「黑語」，沒人同我玩。

（四）

那年七歲。與父親在門口空地散步，一個秀麗的、八九歲的女孩踢來一隻球，被父親接住，伊同我爸說：「唔該。」

我爸對我說：「你要學廣東話，有人為你做事，你也說唔該。」於是我同年開始學英文及粵語。

印象中粵語比英語艱難一百倍，足足兩年，我方學會同這些廣東小孩吵架與跳飛機時計分。

（五）

父親有一個印籍同事，住跑馬地，請我們到他家去看英女皇登基遊行隊，他有個女兒，不知恁地，取了中國名字，叫林婉冰。

小學在嘉道理官小，有位同學叫薛阮，雪白面孔，很多美人痣。此外就是寶心她們了，你知道，五十年代，肯同上海小孩玩的廣東小孩，簡直絕無僅有，大佬，幾乎要有革命之勇氣。是故我的童年生活，慘不堪言。

（六）

我那口洋涇浜國語，是在蘇浙小學堂唸書時學會的。

前一陣子，二哥在家招待沈登恩，我便說將起來，倪穗竟然羨慕曰：「原來姑姐之國語說得這麼好！」哈哈哈哈，我們家終於在下一代又豐富起來了。

這幾乎是「根」的故事嘛。

現在十歲的航弟，已恢復什麼都有：祖父祖母、外公外婆、伯伯叔叔、姑姐姨媽、表弟表妹、堂兄堂姊，大家忙不迭的教訓他做人之道……

在這一剎那，我覺得爸是偉大的。

大舅舅

我七歲的時候離開上海。在香港蘇浙小學讀幼兒班，是以能講數句國語。

硬要叫我寧波女人，我也得承認，因為父母是寧波鎮海人士，雖然我並沒在寧波的土地踏過一腳。

中國種種，對我來說，渺茫之極，毫無痕跡可尋，看到蘇堤白堤的照相，如同觀瑞士明信片，並沒有突出的感情。

我只記得外婆家中有掛牆電話，外婆房間裏有隻裝滿零食的大櫥，外婆家有私家三輪車與車夫。

現在想起來，外公英年早逝，外婆依靠的應該是大舅舅。外婆家其實是大舅舅家。大舅舅的職業至為神秘，常往來北京開會，收入豐富，照顧着親眷，隨便哪個都可以去外婆家吃一頓，吃不完還拿了走。

我一向認為這是陋習：中國男人喜歡照應窮親戚，不外是一種虛榮感。

紅衛兵（六七、六八年）時期，大舅舅去世。原因與日子皆不明，母親一向有崇兄熱，悲痛至深。日子過去。（日子總是過去的。）

昨日上海來信，說大舅舅的沉冤得以「平反」。

正式舉行骨灰安放儀式，場面隆重肅穆，送到的花圈有兩百零八個，附着的照片，大姊、姊夫與外甥女的表情，使我震驚，竟完全是一種劉胡蘭式的悲壯與怨憤。

可沉怨得雪。

有什麼分別呢。（大姊說那時她帶着女兒去討飯，街上任何人都可以罵她打她朝她扔石子。）

對他們來說是重要的吧。當時的親戚來不及地劃清界限，如今都尷尬後悔了吧。但死去的人不能再上來。有什麼分別呢。

我不記得大舅舅。我只記得外婆家。

立虹會得用電話，我不會。

坐在露台欄杆邊扔腳，拖鞋掉到樓下大餅油條攤子去，外婆叫女傭人拾上來。

客堂掛着一隻鳥，肚子餓了會吃蛋黃。

秀姐養着無數蠕動的蠶寶寶。

與外婆睡，半夜哭得外婆血壓高，外婆夜夜在我嘴裏塞一塊冰糖。牙齒就是打那個時候爛的吧。

私家而幼稚的回憶如黃昏的陽光。

我盡了我能力思索，除了「雄赳赳，氣昂昂，跨過鴨綠江」，再也想不到什麼，即使鐵證一般的黑白照片拿在手中：大舅舅的照片微笑地置在骨灰檀香盒上，我的感情仍不能集中，我的心並沒有牽動。

只不過像閱報，看到重要的新聞：美利堅合眾國與中華人民共和國正式宣佈建立邦交……。

我在香港長大。沒有外公外婆、祖父祖母、阿姨姑媽、舅父叔伯、表堂兄弟姊妹，我只有弟弟與父母。十二歲時初見二哥，心裏想：這人從哪裏來？

我在香港，唱足十二年《天佑女皇》。我沒有思想，沒有記憶。

出生地

對於上海，我已不復記憶，雖然有些天性精靈的人，思維可以回到三兩歲的幼兒期去。

但我只知道有弄堂、有曬台、有外婆家、有方糕茯苓糕、有靈糧堂幼稚園，同時有一次，由家長帶着到某學校禮堂去參觀共軍二萬五千里長征的模型，還有，與三哥及弟去看白雪公主動畫片。

我也記得母親做手術，在家休養，把我送到外婆處寄住，外婆房內有隻大櫥，裏邊裝滿好吃的零食，呵，小阿姨來了，帶來積木，走，到城隍廟買扇子去……

三哥回去過一次，輕輕說：「原來弄堂那樣窄，屋頂相當矮」，兒時看實物比例當然大許多。

我醒覺而三哥沉睡，坐在他身邊哭上一個小時他也不醒，這個忘不了。還有，大哥與二哥自寄宿學校返家，他們都高大而遙遠，這一切，都有小小黑白照片為證，我是個寫小說的人，把記憶串連一下，略加潤飾，已經有七分完整。

然後，然後我們便似蒲公英種子那樣，飄洋過海，去到比較肥沃的十地，落地生根。

說真的，論到刻骨銘心地想念一個地方，上海還不算，那只不過是我的出生地。

外婆

著名演員英格烈褒曼有一對孿生女兒，其中一名是美麗的模特兒衣莎貝拉羅薩里尼。

衣莎貝拉一日聽見她十二歲的女兒對同學說：「我的外婆非常有名，我想她是戴安娜勞斯。」讀者們啼笑皆非。

外婆，是我們母親的母親。

許多孩子，由外婆帶大，同外婆親暱過生母，即使不，外婆也是我們生命之源，不容輕視。我們總得知道外婆是誰。

曾經問過許多位小朋友：「你外婆貴姓？」泰半瞠目結舌，回答不出。

外公姓什麼，還說得出來，因為母親承繼父姓，孩子們時常接觸得到，但是外婆的姓氏，隔了一代，便漸漸湮沒。

我的外婆姓盛，這個盛字，在寧波，另外有一個讀法，讀ZHANG。

七歲離開上海之後，就沒有再見過外婆的面，她在文革之前去世，免見大舅舅慘死，真是福氣。

外婆早已逝世，但也可以說音容仍在，有時照鏡子，不禁微笑，自覺臉型同外婆有五分相似，因為我是外婆的外孫女嘛。

荳酥糖

我離開外婆的時候只有七歲。

外婆在上海去世的時候，我大概十五歲。

我很少記起她。只有在吃荳酥糖的時候，外婆就忽然在心裏出現。

在她的房間裏，有一隻玻璃門的大櫥，裏面放滿了糖果餅食，她常常給我與弟弟吃荳酥糖。

我們小心的將紙包抖開，輕輕的一塊塊放在嘴裏，最後剩下的糖屑，也乾乾淨淨的吃光，至少可以回味三日。

我想我是很喜歡外婆的，她的臉，彷彿有點長，很難說得上漂亮，這還是憑照片處得來的印象，不是記憶。

她是母親的母親，沒有她，不會有我，這是孩子都懂得的道理，然而我卻不常常記得她。

只是今天，我吃了一包荳酥糖。

上海

我父親算是上海人，一直在上海躭着的，頗是一個上海通。喜歡吃涼拌麵，據説年輕的時候，同母親賭氣，便冒險到街上攤子吃不衛生的冷麵，大概算是示威。

到了台北，還是上海脾氣，與廣東人的隨和是不一樣的，伊始終帶點洋場十里的味道。

我自幼對籍貫沒有什麼觀念，但對於某些人一口漂亮的國語十分艷羨——這已經是佔了優勢了。

廣東人則有點糊塗，蛋糕他們叫餅，寫出來，一直說「做餅」。

餅也有多種，大餅葱油餅老婆餅薄餅，糕則是糕，年糕定升糕綠荳糕，蛋糕是洋人的玩意兒，其中加了雞蛋。

比較起來，上海人頭腦是要活絡一點。

而廣東話如果說得不俚不俗，還是學國語算了。

孩提

第一次生氣，據說是這樣的：三四歲時候，居上海，一次在大阿姨家做客人，忽然天下雨，阿姨笑道：「唉呀，落雨天留客。」

他們說沒想到這小孩子的面色突變，立刻說：「我要回家去了。」聽了這個故事很是詫異，真沒想到自己有這麼靈精，因為一點記憶都沒有了。

喜歡聽兒時的趣事，完全不相干的親切感，許多許多年之前，也做過討人喜歡的小孩。

怎樣在幼兒園學會畫五角星，指着信箱中插着的信件說「這是『陳』字」，跟人到城隍廟買一把扇子、落雪堆一個兩吋高的雪人……奇特的兒時。

教訓

我所記得的第一部影片，是《雪姑七友》。

當年在上海，母親帶了三哥、我與弟弟一起去看，一定是七歲之前的事吧，因為七歲之後，已到香港住了。

弟弟不爭氣，看一點點就哭了，大概是皇后變女巫的時候。吵着要走，於是母親只好逼我同時離場，帶我們返家。

三哥呢？他大，他可以散場後自己走。

記得當時十分鼓噪，恐怕也是第一次覺得被小人連累，抗議不已。

戲院門口有小販在賣新鮮蓮蓬，母親連忙買一個塞在我手中，因忙着剝蓮子吃，頓時忘了雪姑七友。

這個故事的教訓是：

一、不能自由行動的場合不要出現。

二、有了更好的代替，馬上忘了失去的。

後來重看《雪姑七友》無數次，始終沒有在上海那次印象深。

三、得不到的東西永遠是好的。

小事

我記得自己做孩子的一點小事。
在上海，跟鄰居一個叫嘻嘻的女孩子去城隍廟買扇子。
在門口等賣爆谷與賣甘草的小販。
吵要方糕茯苓糕。
與弟弟打架，互相大叫大哭亂扔積木。
到外婆家去過夜吃棒冰（吃什麼記得特別清楚），給人取個綽號叫碰哭精（蛛殼精）。

三哥幫我穿衣服。

大哥從寄宿學校回來，在客廳照那面掛得很高的鏡子。

這都是上海的事，然後七歲來香港。

有一陣子，夜夜夢見舊的家，那些小朋友，屋頂上那個傳說有蛇的曬台，曬台下看得見的一個鄰屋大花園，三哥常去玩扯鈴的地方，到學會了廣東話，也就把上海忘得一乾二淨。

這是孩子。

玩具

現在的孩子，都很無聊。

新式玩具，的確很刺激，但是玩了三五天，就一點勁都沒有了。

我記得我三歲唸幼稚園，玩具就不多，學校裏只有幾團模型黏土，硬得像石頭一樣。

每次小息，我就圍條圍裙在那裏努力的捏，每次剛剛把黏土捏軟，上課鈴就響了。

天天都是這樣，百玩不厭，當時我心裏對那塊黏土，真是感情好得離奇，依依不捨，否則的話，不會隔那麼久，還記得它。

另外在家，有一副積木，是小阿姨送的。

還有一個四方方的紅木，很重，不知道是哪裏弄來的，完了，就這麼多玩意兒。

從一歲玩到五歲，但是玩得很快樂很快樂。

石榴

在路的那一頭，有石榴賣，就擱在路旁一箱箱的。看見石榴，有種很暖洋洋的感覺。

小時候在上海，母親也準買石榴吃，剝開來，一粒粒挖出來，那汁水沾在衣服上變為黑色，再也洗不掉了，並不好吃，吃起來也太煩惱。

可是看見石榴，總把想像力伸展得很遠——一個下午，阿弟，我，三哥，一隻鴨子跟一隻鴨子叫的，捧着個石榴剝着吃，無憂無慮的。

後來便想起普西芬妮，因吃了四顆石榴籽，便只好做一生一世的冥后，誰知道呢？

或者她是故意的，或者她根本不想再回到世界上來。

所以那一日，我也忽然蹲下來，挑了兩個。

白俄

蘇聯全名是蘇維埃社會主義共和國聯盟，擁有十五個加盟共和國。最富傳奇性的一個共和國是白俄羅斯。

一九一七年革命之後，羅曼諾夫家族被推翻，大聯盟在一九二二年成立，若干對社會主義無法適應的白俄紛紛離開祖家外徙，不少流落到上海。

記得大人曾經叫女傭速速關門，為什麼？「羅宋癟三又來了。」門外站着討錢討吃的白俄，男女都有，那時，差不多是五〇年左右。

上海一直有俄國人居住，幾個哥哥都愛吃羅宋湯與羅宋麵包，印象與羅宋癟三同樣深刻。

老上海說起流落異鄉的白俄總充滿同情及惆悵，據說男女都長得美，但外型已經邋遢，衣服華麗，式樣標致，不過破爛骯髒，會講中國話，不然連討飯資格都沒有。

直到解放，他們才消失無蹤。

上海的傳奇之多，超乎想像，匪夷所思，若能在舊上海躭多幾年，寫作人可能永遠不愁題材。

五〇年代的香港，又是另外一個故事。

大著

報導：柯靈每天寫大文章，這文章大到時間跨度超過一百年，這是一個長篇，反映上海一百年的變遷，八十多歲老人寫上海一百多年的滄桑，真是文壇佳話。

這個長篇值得伸長了脖子來等。不管上海是主角，抑或上海只是作為背景，都已經夠精彩，還有，即使不是小說，光是敘事式記載，一樣值得觀賞。

從來沒有一本書把上海這一百年從頭說到尾，在香港長大的讀者如我只可以自各種不同版本故事裏管中窺豹，譬如說，杜月笙的上海，張愛玲的上海，以及父母口中的上海，甚至是荷里活電影中的上海。

集中所有的印象，上海可能是世上至繁華至刺激的都會。

寫這樣的故事，有能力的話，其實也不會十分辛苦，寫出來之後，其歡欣當勝過遊山玩水。

我在上海出生，對上海薄有印象，特別是大姐，從未離開上海，老匡在上海度過少年期，廿四歲南下香港，也很有資格寫上一筆。

從霞飛路愛多亞路極司菲爾路到淮海路武康路紅旗路，這一百年的上海！

爸與香水

我一瓶香水也沒有。男人未曾送過給我，自己也未曾買過。三十元一大瓶那種古龍水是有的，最喜歡林文煙花露水。（林文煙，多美麗的名字。）

還有雙妹嘜，招牌上兩個女孩子，一式地打着前劉海，長旗袍下還有長褲，是母親年輕時穿的服裝，兩人親親密密的站在一塊兒依偎着。瓶子看上去像一隻正常的瓶，在這年頭特別難能可貴。

可是關於香水，我自有我動人的故事，要說與諸君聽——爸一向窮，他是那種一輩子以五百元養家的人。但這不是他的錯，人的命運際遇是各有不同的。他努力工作，他已盡了他的能力。

十三四歲那年，爸下班帶回一小瓶香水，很高興的跟我說：「多便宜，才兩塊錢，聞聞香不香。」（我爸很愛我。）

但瓶子裝的只是茶，不是香水，沒有香味。爸又說：「放冰箱裏，擱久就香了。」可是它一直沒香起來。

隔很久，我把這事告訴哥哥——關於這瓶兩塊錢的香水。他似乎想過一想，然後問：「香的香水多少錢一瓶？」

我答：「很貴很貴！小的十八塊，大的三十塊。」

哥哥說：「這裏是三十元，你去買瓶大的。」

這是我那香水的故事。（我哥哥也很愛我。）

從兩塊錢中可以看到很多親情，有時候窮也有窮的好處。那三十元買的是露華濃的「因他美」古龍水，照例，那隻金屬鏤花瓶子存着多年，幾乎生銹成為廢鐵才扔掉的。

我們一家人始終還是量入為出地過着日子。現在就算三安士的「哉」也花不了多少，不過選禮物的時候我從來不揀香水，在這方面我是完全滿足的。我已有過兩瓶最好的，信不信由你，還有一瓶是不香的呢。

阿女十四歲那年暑假到歐洲旅行，我們都覺得略早一點，真是奢侈。張太笑道：「她爹真是疼愛她。」

忽然之間，我覺得我爸受了委曲，忽然之間，我搶着說：「我爸也很愛我。送女兒去歐洲與否是能力問題，但我爸還是很愛我的。」張太聽着呆半晌。因我一向極少為感情辯護。因我那一刻想起那瓶兩塊錢的香水。

我爸受了一世的委曲，努力地做着奉公守法的小市民，人們可以說他平凡普通，可是他也正像許多平凡普通的父親，他愛他的女兒——真是可笑的，忽然之間激發出這般的親情……況且，我也終於到了歐洲，而且住上很久。

我沒有什麼不足之處。各人的際遇與命運並不一樣。

爸與我雖然沒有真正的談話與討論問題。但我這一代與阿女那一代不同。

母親與小說

我母親真是一個奇怪的人。

她胖胖的臉與胖胖身軀隱藏着無限神秘的內心世界。

有一件事我是知道的，她看很多書報雜誌。真的。她甚至嫌張愛玲的小說做作。

母親的閱讀習慣自小開始，據說某年我大舅舅（見舅如見娘）生肺病回鄉休養，教她識字，從此母親便懂得唸唸有詞：孟子見梁惠王，王曰：「叟！不遠千里而來，亦將有以利吾國乎。」還有大學之道，

在明明德。還有唧唧復唧唧，木蘭當戶織。印象給我們最深的是汴水流泗水流，流到瓜州古渡頭，吳山點點愁。

母親真是神秘，她不是那種多愁多思想的女人，但是她閱讀，她連玻璃鞋的故事都知道，在上海她看張恨水的小說，她簡直是鴛鴦蝴蝶迷，遠當我們只有六七歲的時候，已聽過《啼笑因緣》的故事大綱。她說「書」也頗生動。

後來隨父親過渡到香港，她還是很愛看小說。記得那時我與弟弟在蘇浙唸幼兒班，有位女老師的丈夫是李輝英，母親千方百計設法去拜見她崇敬的作家，把我與弟弟也拖着。

母親帶了她親手用縫衣機車繡的畫片，上款是「——輝英先生惠存——」真的，不騙你。畢恭畢敬地奉上。

李輝英夫婦送我們兩盒小小拖肥糖，一隻盒子上印着小狗，另一隻印的是小貓，糖吃完良久，鐵皮盒子起碼還保存了十五年以上。

母親念念不忘那次與名作家會面的經過，並且覺得她失了禮，她不止一次地懊惱：「李太太分明是約好朋友要出去吃飯，而我竟賴在那裏不走！」

之後她篤信基督。一本聖經背得熟得簡直爛掉，牧師們對她都肅然起敬。母親運用聖經中字句，得心應手，無往不利。她是神秘的。

不過除出與聖經有關書籍，她還是愛看「野書」。母親一問明報周刊在什麼地方，我便笑她：「墮落啦！墮落啦。」

但是她不看倪匡，自然更不屑亦舒。有一次她訴苦：「兒子一寫小說，我對文章的興趣已喪失一半。女兒還寫，我便不再看小說。」

我用聖經裏的話答她：「先知在本家永遠勿受歡迎。」

我不認為她看過任何倪匡與亦舒作品。通常她批評我寫的東西是：「嚼舌頭！」你知道，你不能把他們全贏過來。母親對我，一向白睐有加。

但是七十歲的母親看過郁達夫、徐志摩，已經夠令我驚詫。那些書她是怎麼弄到手的？連紅樓西廂都熟呢。周文賓扮女人戲王老虎的故事，也是她說的。

呵偉大的母親。

傭人

母親不肯用傭人，且聽她道來：「……請一個洗衣服女工，月薪台幣五百，只洗，不收不熨，牀上的被單被套一概不理，人進來，電話也跟着來，熱水肥皂粉亂用，要茶要水，衣服不管厚薄，都放在作板上狠命搓，忽然來了一個陌生人，家裏有什麼東西不見，又疑神疑鬼，又怕她拿着鎖匙，一不小心，賊都引進來了。」

所以她自從上海之後，沒用過傭人。

我是一個馬虎的人，覺得家中沒有幼童，什麼事分着做做，也就過去了，我拖地板洗衣服都是能手，做得很乾淨，就是煮飯差點，老是不肯學，現在連換插頭換燈泡都行，好像是沒有請傭人的必要。

所以家裏很清爽簡單。

往事

情緒至至低落的時候，便念念這段往事。

五十年代，小姐弟在北角近春秧街處唸小學，母親天天手提熱飯，自鰂魚涌步行來回給我們送飯，風雨不改，吃完飯，還用濕毛巾替我倆抹淨嘴同手。

當年母親已是中年，力氣大不如前，猶自辛辛苦苦攜那隻重籃一千數百回。

成年後如果成日價長嗟短嘆，怨天尤人，大抵對不起這一壺一壺的熱飯吧。

沒奈何，只得繼續過關斬將，好好生活下去。

孝不孝順，相不相愛，又完全是另外一回事，彼此總得健康、清白、舒坦地活着，叫對方放心。

想到這裏，氣自然而然漸漸平復下來，把所有絕望的、會招致更大侮辱的行動暫時擱一旁，忍耐着去過日子。

那時乘電車樓上兩角，樓下一角，家母就是省，她說兩角錢可炒一味油豆腐黃豆芽了。

對我們是有極大的期望吧，可能只有靖弟沒使她失望，幸虧震侄亦已出身。

不過我還能維持一貫的嘻皮笑臉。

感慨

香港居民在過去三十多年寄了多少包裹糧食到中國大陸送給親人，統統無償，出於愛意，彼時人民幣匯率是港幣兩倍，不少家庭節衣縮食，接濟親人，絕不吝嗇人力物力，在最艱難的糧荒時間，盡過一把力。

到文革結束，政策漸漸開放，親人要求轉為繁複：電器、衣物、手錶、飾物、七日觀光旅遊……大家也盡量滿足他們，總覺得施比受有福。

到最後口氣越來越大，禮物都要名牌，動輒要求數十萬港元留學費用，港人做不做得到都默默忍耐。

到了今日，國家進步，一小撮人富足起來，忽然面色大變，蔑視起香港來：「此刻上海比香港進步！北京比香港更有文化！」態度囂張跋扈，像敵人一般。

是是是，我們都希望國家富強，可是，語氣可應這樣呢？

我仍清晰記得，母親一次一次步行到北角郵政總局寄郵包，而我成年後接班照做，從衣服鞋襪到電子遊戲機以及花邊糖果，全部寄過。

他們今日這樣好了，可是，卻從來沒收過他們任何禮物。

俄國人遺憾開放後經濟不能起飛是因為少了中國那樣一班大有大做小有小做的華僑。

等

家母與我都喜歡等郵差。

郵差帶來遠方親友的音訊呀。

每個月不知收多少郵件，帳單當然佔一半，廣告信又佔其餘的一半，天天在一大疊郵件中找家書，上海的親人還沒裝到電話，只餘信件來往是唯一一個通訊辦法。

到了約莫時間，自然而然抬起頭看郵車來了沒有，真是一種原始寂寞的盼望。

家母曾說：「他們要是知道我這樣在等，許會勤力地寫信吧」，她比我癡心，我等等不見音訊，立刻尋找旁的娛樂去了，固然茫然若失，轉瞬間又恢復過來，態度與時下少年人談戀愛相似。

過去時常做一個夢，祖屋信箱裏的信塞得滿滿，不見父母拆閱，也不丟棄，非常煩惱，這夢做完又做，做完又做，巴不得找佛洛依德的徒兒來談一談。

寄宿讀書的時候，每朝八時半出門，郵差已經來過了，學生在門房放下鎖匙，順便自白鴿洞處取信，一邊走一邊讀，那個時候收的郵件亦比任何人多。

你知道我在等你嗎，大概不知道，他從來不叫人家等，不管用，人家也許等的不是他，要等的等到了，才有喜悅。

阿妹

我極之喜歡「阿妹」這個名字。

在家，我有四個哥哥一個弟弟，眾人的阿妹，父親口中的妹頭。弟弟兩歲的時候，便振振有辭的跟人說：「這是我姊姊，但我叫她阿妹。」

在上海外婆叫我「小妹頭」。一踏進外婆家，大夥兒便起哄「小妹頭來了」，那陣仗雖不如「林妹妹來了」，但誰願意做林妹妹呢？

在家永遠是阿妹。

不能不承認自己是倍受寵愛的姑奶奶，沒事樂得裝一副孤僻樣，有事嘩一聲，大家便爭向湧來——

我的兄弟是我最寶貴的財產，我是阿妹。

英文名

南生不住的取笑我的英文名字——依莎貝，或是依薩貝拉。

父親在我十二歲那年送給我的。

我不願意換它，因為那是父親給的唯一東西。（當然，他也給我生命。嘿嘿嘿。）

南生叫我CHOU，與「舒」音近，法文，菜的意思，當年法國人叫周恩來也叫CHOU。

我的姓拼出來是NEE，法文是「出世」，於是一棵菜出世了，上帝。

她可以叫我隨便什麼，甚至喂一聲也可以，因為她是我的朋友。

但是我不能為她改名字。一個人長大長熟的顯著處是不受任何人影響宗旨——言行舉止與情緒包括在內，這是至為重要的。

我認為依莎貝很好聽，傳統、正派，是不像我，但是很悅耳。

我一直唸英文學校，需要一個英文名字。

你知道一些人，斗大英文字認得不夠一籮，也有音節達四五個的怪名字，真納罕。

刨冰

可是令人難忘的還是紅豆刨冰。

一隻老大厚實的玻璃杯，結結棍棍，裝滿紅豆刨冰。

紅豆或者太甜，刨冰或者不衞生，但這是童年的一部分，那時二哥剛賺錢，帶我與弟弟去看一場二輪《鐵牛傳》，吃完刨冰買雙新皮鞋回家。

那種廉價冰店中穿汗衫的伙計遞上兒童的恩物……

快樂實在無分貴賤，還記得吊扇下的圓桌，玻璃枱面下壓着價目

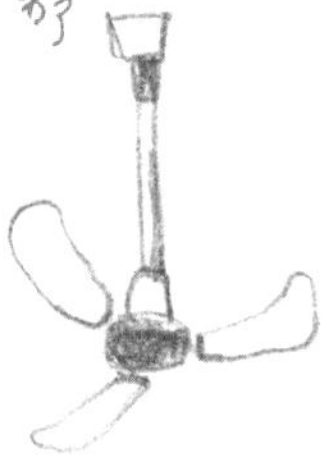

表，一杯刨冰是六角錢。

涼粉，杏仁豆腐，冰凍檸檬茶，蜜糖薄荷茶，各式冰淇淋，但是最令人具安全感的是紅豆刨冰。

冰淇淋

那時父親買材料回來搖冰淇淋，不甚成功，非常的香，但不冰，而且粒粒屑屑，不知有些什麼沒融化，相當好吃，仍然全體包銷。

後來門口有一小販，於傍晚踏了腳踏車來叫賣冰淇淋。

俗稱蓮花杯，大五角小三角，父親偕女兒坐在小櫈子上乘涼，孩子嘴裏不說什麼，心中異常期待一客小冰淇淋。

上面一層是香草，下面近底處有一團橙色，世上再也沒有比這個更好吃的東西了。

鄰居有一位小西洋女孩，有個法文名字叫伊鳳，戴小小K金耳環，口齒非常伶俐，簡直是童年偶像，每逢吃冰淇淋的時候，她會得過來攀談數句。

記得她，不外是因冰淇淋的緣故。

記憶

與大哥數十年不見，碰了頭，坐下來互考記憶，奇趣無比。記得的還真不少，外婆家陳設，特別是藏美味零食的那隻大櫥，此刻還為我們津津樂道。

說到最後，他簡直不相信六歲的兒童會有這樣驚人的記憶力，也許知道將要離開本家來到南方生活，所以狠狠地搜刮資料，方便今日對質。

到最後，大哥二哥三哥都問：「你可曉得當時我們叫你什麼？」這樣侮辱性綽號沒齒難忘，可惡之至，馬上隨口回答他們，拿足一百分。

記憶可去到老遠老遠，看到很小很小的自己站在房內，抬着頭，欣賞一個英俊少年對着鏡子梳頭，他身穿打銅釘的窄腳牛仔褲，腕上配美國大兵戴的那種銀鍊手鐲，打扮整齊預備赴約，他便是大哥。

記憶力強有幸有不幸，人生不如意事常八九，痛苦的事多想無益，成年後自行設計腦部過濾器，將一切回憶分門別類處理，不開心事盡忘記，賞心樂事保留長存。

為什麼不呢。

至要緊開心。

一九五三

這是英女皇伊利沙伯二世加冕年，也是我大姊結婚那年。當時，二十四歲的她，覺得結婚照片拍得不理想，撒起嬌來，她義父連忙哄道：「喲，比英國女皇還要漂亮呢。」十分應景。

五三年亦是《兒童樂園》創刊的一年，最近看到他報重新刊登七月一日出版那期，有關女皇加冕的圖文縮影，雙手忽然簌簌簌發抖，星碎回憶如一顆顆閃爍玻璃珠被串成一起。

亦是做小學一年生那年，學唸英文：一個人一枝筆，一隻雞一隻蛋。那時候香港的人口是一百萬，僱一個家務助理薪水六十元。一毛錢用途多過孩子所想所求。

五三年，弟弟才五歲，為一點小事，動輒同他吵，繼而動武，雖然高大，也不一定贏，至今彼此訝異對方當年之頑劣。

當時，生活中最重要的東西分別是巧克力、可樂與洋娃娃。可惜沒有太多照片，不然可以編一個童年往事冊。

這樣的好日子也會過去。

伊利沙伯二世讀文告時已需架上老花眼鏡，《兒童樂園》的讀者早換了七代，大姊吃過許多苦頭，已經榮升外婆。我的抽屜底，還壓着她的結婚照片，真的，比英國女皇漂亮。

玻璃絲襪

這玩意兒以前是極之名貴的。大姊年輕時是時髦人物，家長努力推銷國貨，在書房與同人開會商量決策，她自外面回來，推開門便說：爹爹，外國人的玻璃絲襪不知多好，摔跤都跌不爛。

這句話有三四十年了。年前相見，終於有機會問起這件事的可靠性，她只是笑，不回答，也沒說要帶絲襪回去，為她備下好幾打各式長短的絲襪，只好自用。

也許是美國人帶到本市來的，戰後忽然流行起來，五十年代樓梯檔口尚有補襪女工，女孩子們都愛圍着看，訝異其手工精密，那時的絲襪，要用襪帶，惠羅公司有一個櫃枱專門出售。

一到六〇年代末期，都會像是換了個樣子，不知是看穿了還是怎樣，市民太樂意消費，一切物質堆山積海似湧上來，絲襪淪為爛賤，十塊錢十二雙，女學生都在小白襪底下加一雙取暖。

更開始有織花、網紋、印花絲襪，穿得不好，腿似兩條大蟒蛇。一直只選穿肉色最古老那種，一看見絲襪，像是聽到大姊當年活潑嬌縱的聲音：「外國人的玻璃絲襪真正好……」後來她吃苦吃得不得了，但不要緊，伊曾經開心過，為一雙絲襪。

不會大

據說如果你愛那個人，那個人在你心目中，便永遠不會大。

所以做母親老是不厭其煩地叫子女：「記得帶雨傘，要下雨了」。

這個講法又一次獲得印證。

自幼與弟感情最好，套句本港流行粵語，可以說「我堅惜佢」。

最近姐弟見面，聽他閒閒說起最近又獲得什麼什麼難得的新銜頭，為姐的哪裏懂那許多，耐着性子聽他講完，便叮囑道：「照相機別擱旅館房間，還有，你夠不夠衣服？」

哪怕他是愛恩斯坦第二了，仍然如此。

從來對他的成績不感興趣，弟弟即係弟弟，自滬來港，姐七歲，弟五歲，拖着手，每天一齊步行三十分鐘到蘇浙小學去讀書，一邊聊天一邊走，就是那樣，漸漸學會一個人、一隻鑊、一隻母雞、一隻蛋……還有一口普通話。

不必擔心時間不會過去。

不過稍後也把剪報給他看：「瞧，為姐的照片登在鄧蓮如同張敏儀旁邊了。」

時間終於過去，雖然在彼此心目中，大家都不會長大。

拼命做

出生在極之普通家庭。

弟兄姐妹為生活掙扎過程，可寫一本書。

老二初到貴境，什麼都做，甚至去當修路工人，握過風炮鑿路機嗻嗻操作。

老三在染廠做得雙手起泡，指甲縫顏料長久不褪，又當過水手，洗甲板、打繩結。

弟弟是半工讀生，捱得胃出血，進醫院，幾乎出師未捷××，甫到新加坡，節儉得一星期才看一次報紙。

奇是奇在都沒有抱怨，並且認為在人生路上吃點苦是很應該的，有得做，便努力做，做個不停，還做得十分愉快。

老大仍在內地當他那鞍山鋼鐵二廠廠長，當年考獲上海申報獎學金前往燕京讀化工的他一生為國家服務，至今不悔。

以致當人家問「你家有什麼優點」，可以立刻笑答：「捱得」。

生活積極之至，很不喜歡的工作都可以做得相當稱職，咬緊牙關，爬山過關，絕不亂耍性格。故時常詫異他人處世之嬌縱、任性、懶惰、淫逸、放肆，弟兄們都不是這樣的。

你見過我們家的專欄開天窗沒有？

履歷

最近看到靖弟學術履歷，一大串，像滑稽電影裏誇張名片，一鬆手掉下，像手風琴摺疊：「新加坡國立大學機械工程教授，系主任，院長，兩個博士學位，國際生產工程科學院首任華人主席，美國製造工程院金獎、國內三間大學顧問教授，以及兩間大學訪問教授，實驗室研究包括病原機器人，注塑膜設計等等……」

先知在本家不吃香，笑得我。

他說：「你寫什麼，我一看即知，我寫什麼，你不懂得。」一於與他角力：「寫小說沒人懂，那得餓飯，而科學，要是真出名，小孩也懂得 $E=MC^2$。」哈！

比起二哥，只需「衛斯理原創人」六個字，履歷已足夠輝煌。

有讀者問可是從小培訓，不，兄弟全是新移民，粵語與英語均苦學得回，從無補習老師，興趣自身培養，何為去跟師傅。

弟一路讀上全靠獎學金，第一份收入起便回饋父母，衛兄廿四歲置公寓給爸媽，故此，看到今日軟叭叭少年，只好哈哈笑。

還未說及大哥與三哥呢……

小時候

小時候老看水滸傳與三國演義的連環圖畫，用鞋盒裝滿了小冊子，寶藏般收好。

每年暑假重溫故夢，看得滾瓜爛熟，好像有獎似的。

小時候學會的東西永遠忘不了。

怎麼樣第一次學織毛衣，怎麼樣上家政課，如何跳橡筋，在那個時候，一切都喜孜孜的充滿愛念。

每張連環圖畫都記在心中，一筆一劃，都當傳世名作，所以為孩子們做事是值得的。

小小代價，小小勞力，他們都記在心中。

初初被送到官立小學，坐在校園等父親來接放學，高班的同學過來說話，但很怕難為情，校園中影樹怎麼在陽光中靜寂地擺動，都不會忘記。

幼時只覺歡樂，冷熱、潮濕，一切不覺得，除了母親不斷的牢騷，沒有不快。

孩子

喜歡一切屬於孩子們的：兒童樂園、卡通、星球大戰、魔術、玩具店、兒歌、體育遊戲、午餐盒子、球鞋、筆記本子、校車、課室、合作社。

老記得小學校園中的影樹，秋天來了，樹葉輕輕碎碎，不停地落下，一個相貌娟好的女同學叫薛阮，每天一起搭白牌車回家。父親的印度籍同事有個女兒，取個中文名字叫林婉冰，家住跑馬地，在她家的窗戶，可以看到馬匹在路上走過。

後來一直沒有見過那麼可愛的印度人。

如何學會了看「小露露」學廣東話，像學英語，居然朗朗上口了，美麗的世界頓時褪色。

在夏天，怎麼樣期待父親買一杯蓮花杯請客。

上中學了，穿着校服被父親拍照。

或者後來太要風得風，對風雨多而厭倦起來……大概是吧。

漫畫書

收集古老漫畫是種風雅的嗜好，至受歡迎的自然是超人、蜘蛛俠、泰山之類，基於私人理由，一直在找小露露漫畫，不是真的打算出高價大量收集，只想買一本留為紀念。

跑到專門賣漫畫的店裏去，「有小露露嗎？」

「有，這邊來。」令人感慨，資本主義社會，有求，必有供。

果然，她在米老鼠與麥古當中，每一本都用玻璃紙封住，保存得不知多完整，五十年代售價十二仙，過了三十多年，標價七元，還用說，升值了。

真好，小露露仍穿小紅裙，同男朋友脫勃鬥智鬥力，她在六十年代退休。

論高級，她不及愛爾席的丁丁；論浪漫，又比不上庇涅的小情人；活潑怎及迪士尼筆下角色；親切，同財叔及兒童樂園差得遠。

真不知父親如何會把她帶回家來，又是緣份。

為了她，我曾是那樣渴望學會英文，好自己看個飽，不必苦等父親下班有空才替我翻譯。

事實上至今十分慶幸懂得英文，可以自由閱讀書報雜誌。

立刻買一本帶回家。

小書

至今我是小書迷。

上海人口中的小書，是小人看的書，小人即孩子，但凡孩子們愛看的書，我都喜歡看。

第一次接觸到的小書，倒不是兒童樂園，而是英文的小露露。父親是那種略微崇洋的上海人，年輕時也學過法文，彷彿很摩登的樣子，其實並沒有正式上過學，然而有什麼關係呢，我們仍然互愛着，他仍然買小露露來翻譯給弟弟與我聽。

我們那時連廿六個方塊字母都不認得，然而單看那彩色圖片與人物造型，也夠開心的，我記得露露的男友叫脱勃，情敵叫歌蘿莉亞。

此刻我常推薦豐子愷給孩子們，不給孩子們喘息的機會，想到父親從來不要求我們成才……忽然感激起來。

兒童樂園由母親帶到家中，這本小書後來成為我們生命的一部分，故事太複雜，只好從簡。不過至今還念念不忘，常常説：「……但兒童樂園中確是這麼説的……」真可怕。

我説過我不是早熟的孩子，並沒有在七歲時熟讀紅樓夢，領略到西遊記與水滸傳的好處，都靠連環圖畫，這點倒是老媽的德政，常從小菜錙中省下錢來買小書給我們，不久裝滿了兩隻皮鞋盒子，後來就轉送給下一代，非常依依不捨。

我也看許冠文的財叔，薄薄的書在側邊用打孔機打洞，以一根舊鞋帶串在一起，放在枕頭邊日翻夜翻……

沒多久就從圖畫書跳到文字書，艱苦地計劃買下一整套女飛俠黃鶯……

雖然史諾比是孩子們的偶像，但我始終不認為花生漫畫是兒童恩物。

八〇年代的小書，題材完全不同，有一種關於太空探險、未來世紀的歷奇日本漫畫，其精彩之處，令讀者拍案叫絕，可惜一般報販並不代理這樣的小書，於是一到朋友家，便向孩子們借來看，也不知道他們自哪裏得來，只說是爸爸買的。

在這方面我與孩子們甚有交流，往往自漫畫聊起，消除代溝，津津有味。

童年時閱讀範圍很廣，興趣也高，直至今日不變，到書攤探頭探腦地找新的小書！向航弟借一大疊叮噹，喝着沙示，橫在沙發上，看完一本又一本，安全兼舒適。

好報

《中國學生周報》是我青春期的良伴，指的是十二歲到十八歲這一段時間。

學生周報的詩之頁，電影版，美術版，小説版，甚至是快活谷，通訊，莫不帶來喜悅。

園地是真正公開的，稿費完全統一，閃爍過多少才氣的光芒，雖非字字珠璣，也不遠矣。

我曾是周報的最忠誠讀者。

很不幸這張報紙竟然停辦，現在的年輕人竟看不到如此良友益師，徒然少一份氣質。

然而好的東西是不會過時的，我想去買周報的合訂本看，重溫舊夢，倒不是緬懷過去：好報不厭千回讀。

迷雜誌

小孩時期最喜歡看《南國電影》。

一到時間便到報攤去尋找，要八角錢一本呢，然而不但彩頁鮮明，文字也好，期期看得會背。

中學改看《十七歲》，售價五元半。大開本，模特兒青春美艷，只記得照片可放大至真實面積，編排堪稱一流。

此刻經過書店，還進去查看雜誌出版沒有。

儘管美金漲價，不止一對十，仍然忍痛付出代價，從不打書釘，不過現在每次總要一兩張紅底才可出門了。

迷人的雜誌，精神的食糧。

氣球

我從小喜歡吹氫氣球，常常想到那套叫《紅氣球》的電影，但是買來買去，總是買不到這樣的氣球。

於是在十五歲的那一年，曾經懇求三哥及弟弟，代做一個。他們把薄鐵片剪成一塊塊，放在一個瓶子裏，加上硝鏹水，把氣球套在瓶口，如果氣球膨脹，便大功告成。

但是他們兄弟創造失敗，瓶子炸了開來，地板一個大洞，母親暴跳如雷，大罵山門，事情也就告了一個段落。

到今天想起來，都還有一種茫然不悅。

但是街頭上，始終不見氫氣球，真不知道是什麼理由。

這種玩意兒，又不需太大的本錢，照說是可以幹一下的。

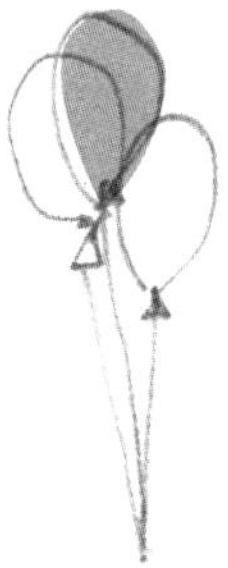

繡字手帕

多年之前，多年多年之前，只有十二三歲的時候。

有一個大好幾年的女友，已在做事，時常拿了廉價手帕來，請我在手帕角上繡上英文字母，代價是一場利舞台早場的影片。

當時她說，手帕是送予男同事的生日禮物。

現在想起來，只覺曖昧。

同事之間，誰生日頂多外頭吃頓茶，送到手帕，恐怕有點過火，而且一年總有好幾次。

如果送男友，又會不會轉得這麼勤？

抑或是對個別有可能性的男士表示特別的好意？

始終沒有聽到她結婚的消息，今年也有四十多了。

始終懷疑她曾對收手帕的男士說：字樣是她繡的。

麵包店

初中時有同學住灣仔，對家有麵包店。

初秋到她家去做功課，下午常常聞到麵包香。

因此在心理上，麵包香是代表安全、年輕、踏實、單純。

那時候看着同學的姊姊穿着大圓裙去赴約，無線電裏播放着貓王的歌，八十支光電燈亮起來了，便乘電車回家。

後來廿多歲，跟父母住窩打老道，那處對面也有麵包店。

師傅們把一盤盤的麵包自烤箱搬出來，真是溫柔，動人心弦，常常倚在廚房看他們操作，手中捧一杯茶。

後來家人遷往台北，獨自「流落」各地，混吉一番。

不過無論哪裏，麵包與麵包店……即使在外國，放學也常流連麵包店。

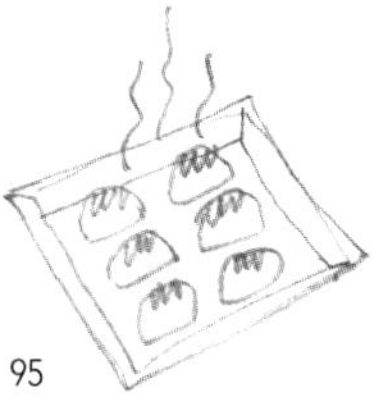

月票故事

小時候買公共車月票，才六塊錢。

跑到北角巴士總站去排隊輪購，取到新票必有一陣喜悅。

每日有四枚孔，乘搭一次便打一孔，孔打歪了或是打到明天那一格去了，立刻引起騷動。

將月票小心地放入膠套，附上所鍾意之明星相片，擱白襯衫口袋中。

連上學放學及來回家中午飯，四個孔剛夠用。

若有一次售票員忘記打孔，便沾沾自喜，像撿到天大便宜似的。

多年前的事了，既不能再明白當時卑微的榮辱，如今的得失又何必太緊。

ELVIS!

絕對是老阿飛青春期最重要人物之一。

少了他的歌，日子還怎麼過。

那靡靡之音，叫少年人手舞足蹈，心嚮往之，從沒有一位歌手，以更豐富的感情，宏厚的音域，唱出這許多動聽的歌曲，像心醉酒店、獵犬、我今夜需要你的愛、藍色麖皮靴、愛我溫柔、搖擺監獄、玩具熊、你今夜是否寂寞……

當年會考若設一科流行曲研究，拿優等者必然大不乏人。

苦悶的六年書院日子，倘若不能哼哼「一夜與你，是我良久祈望」，心理不知如何平衡，到了那個年齡，再乖的孩子，也會煩躁不安。

一聽那些歌，腳就開始癢，注意力統統自成長的痛苦挪移到流行曲上，四十五轉小小電木唱片，正反面算在一起才兩支歌，簡陋的手提唱機，溫習到哪裏就搬到哪裏，悠長的暑假，呵，影樹又開花了。

說也奇怪，人各有志，同學們都只愛聽埃維斯的歌，看占士甸的戲，樂在其中，待背得滾瓜爛熟，流麗無比，倒過頭來也記得的時候，中學生歲月也成過去。

驀然聽到舊歌，起碼千種滋味上心頭。

開口求人

十四歲那年，學校旅行，因到哥哥處，想向他借一隻手提唱機。坐了整個下午，無顏啓齒，空手回家。

從此之後，明白「上山打虎易，開口求人難。」這兩句話。是以發奮不求人至今吧，沒那種功夫，就得有這種功夫。

有困難的時候，原不應待親友開口，便有實際的幫助才是，上門去求人……我字典裏似乎沒這回事。

劉姥姥到寧府借錢……脂研齋在「只當沒有了」旁評「可憐」兩字。

原無必要這樣，可憐沒有道理讓別人知道。

自幼活在兄弟堆中，自尊與心腸都養得鐵硬。

自十五歲開始，一切大大小小的事都是自己決定的，需要的東西得不到，那不過是學藝不精。

求人不是一個壞主意，但是求誰。

教父偉大可靠的形象，早已失傳，左右遇見的人，都是一尊尊泥菩薩，因此開口求人這回事，恐怕也不會再有的了。

說筆刨

自上一代到這一代，不知走了多少路。

大哥他們小時候還用鉛筆刀，慢慢的削，能夠擁有這樣的一把小刀子，是無限的榮耀。

輪到我，已有捲筆刨，五毛錢可以買一隻西德製銀光閃閃鋁質的捲筆刨，若要省些，一角也能買到本港塑膠製品，不那麼經用，刨出之鉛筆，也不那麼光滑美觀。

後來就眼花繚亂，有電動筆刨，有各式卡通人物的筆刨，甚至有鉛芯筆，不需筆刨。

今日，用小刀削眉筆，因缺乏練習，一枝筆變成半枝，猶未削成，不禁嘩然，忽然想起小時用刀片在筆身上刻出名字作記認，刀法如神。

三十年就這麼過去了，似水流年。

惜物

昔日有文房四寶，今時一個高中生不知要用多少法寶：桌上電腦已換到第三部，手提電腦越來越薄，電子筆記、計算機、繪圖電板、電筆……少了這些，不能做功課。

當年我們有些什麼？一隻筆盒，啊對，還有一把計算尺，這把尺由父親在五十年代購買，寄往中國東北鞍山給大哥，他用完了交給三哥，老三到了香港，轉贈靖弟，七十年代我到英國與弟聚頭，他把計算尺交給我用。

存。

我用了三年，回港，小心翼翼還給靖弟，由他帶到新加坡妥善保存。

一把尺！

那一代是何等惜物，一管計算尺當傳家寶那般供奉，連套子都完整如新。

手上一本現代高級英漢詞典，七九年用到今日。

還有一隻金頭髮洋娃娃，十二歲那年，衛斯理送我，一直還在身邊，新不如舊。

新生代不會明白，他們攜帶火柴盒子般大小隨身聽四處走，稍有猶疑，即時更新。

可憐地球資源終有一日耗盡，責任在他們身上。

Pip

狄更斯《孤星血淚Great Expectations》這本書真叫我耿耿於懷。

記得少年時剛學會a man a pan, a hen and an egg之後，升上初中，忽然之間嘭一聲，書桌上多了一本狄更斯巨著，老師並沒有向學生説狄更斯是啥人、來自何方、出生年月日、作品有何特色，一言不發，叫小青年硬啃。

向家長求助，得到一本袖珍中英三吋乘兩吋大小字典，許多生字都找不到，而該書每一頁起碼三十個生字，讀得頭暈腦脹，結果測驗時也不過明白四分之一。

那時無論做什麼都是sink or swim，不如今日少年人，十多雙手撐住，還呻辛苦。

直到成年，心懷不忿，決意重讀這本小說，迄今一百五十年了，不是好書，焉得留傳，以後每年再讀，直至熟悉主角阿Pip。

是否最好？不及《苦海孤雛》，與《雙城記》更有一段距離，全體來說，雨果寫反映時代的劇情小說，更為動人淒艷，但，狄更斯還是狄更斯。

對殖民地成長必須讀英國文學的學子，別有一番滋味。

少年時

今日，看見功課便發獃的少年們坐到私人電腦前便活轉來，一機數用：一邊聽音樂，一邊玩遊戲，同時寫電訊，還有，開着麥克風與同學聊天，難怪整個下午關在房裏也不用出來。

我小時候做些什麼？專門看閒書：兒童樂園、金庸小說、南國電影、財叔漫畫、十七歲雜誌以及聽收音機裏歐西流行歌曲，Elvis!

都不愁寂寞，總有法子自大人身上擠出零用錢，或是索性兼職賺外快。

回想起來，真沒出息：放學老是逛商場，看時裝，戀戀紅塵，從未考慮前程將來，亦全無志願，更加不知要走哪一條路。

又愛打扮，學着捲頭髮，畫眉毛……功課十分馬虎，記得會考成績只是二優二良，弟老惋惜：「阿妹不用功」，大抵都是真的。

多麼可惜，缺乏引導，浪擲少年時，可是時間不扔也會過去，少年的我，是多麼快樂。

凡是成年人心目中無聊浪費時間毫無益處的事，均為少年所喜，功課做得好，小節不應計較。

無聊

英國人實在是很無聊的。

很久很久之前，小蔡送過一個文件夾子給我，上面畫着史諾比，寫着：「衣莎貝，我們會想念你，好朋友中的好朋友。」

裏面還有他剪貼的花生漫畫。

這是多年前的事兒了。

今年因為沒錢買文件夾子，就把論文大綱夾在它裏面交出去，省一鈿是一鈿。

那教授就問：「哦，『蔡』，你男朋友？」

「不，以前的朋友。」

「以前的男朋友？」

「不！以前的朋友。」

「朋友沒有過去未來的。」

「有，現在不說話了。」

「吵架了？」

「沒有，只是不說話了。」

「好朋友？」

「請你看大綱好嗎？我還要上課呢。」

英國人真是很無聊的。

教授

真的，所有現役朋友中沒有一個是同學，都撇下在英國，一年一張聖誕卡，回憶起上課那段日子，真是——

N先生是個漂亮的男人，大樹般的可靠，永遠不會忘記他，真有王者之風，教授中的教授，帶來多少安逸溫暖的時刻，在那個時刻，在那個地方，一個外國學生是多麼需要這種虛僞的溫情。

淡淡的陽光下他開着一部奧斯汀，穿一件尼龍雪衣，在校舍中捧一疊講義，因為高，故此得彎着腰，因為右耳聾了，故此說話時常把他的左耳湊上來。

多年來找不到他有任何缺陷，在學生前他扮演着一個完人，相信是很累了，光是應付女生傾慕的眼神已經夠心驚肉跳，這無異也是他的興奮劑。

如何一進課室便捲起袖子，以混雜的口音說：「今天請用心聽書，快點喝完咖啡！」然後笑。

一輩子也不會忘記，不可能？永不後悔花這三年。

吃一驚

白光有一首歌，叫《如果沒有你》：

「如果沒有你，日子怎麼過，我的心也碎，我的事也不能做……我不管天多麼高，更不管地多麼厚，只要有你伴着我，我的命也為你而活——如果沒有你，日子怎麼過……？」

那時候住在宿舍中，窗外零下三四度攝氏，隔鄰常有華籍學生播這首歌，白光那把獨有的聲音。

在星期日下午，寂寞而懶，聽上去有非常特別效果，幾乎馬上想提着燈籠去找一個可以單單為他而活的人。

今日在辦公室，忽然嘴中哼出這首歌，自己都吃一驚：還存這種指望？

學

居英倫三年，也學一些好習慣。
打電話時間縮短。不怕寒冷。交稿準時。省吃省用。
眼淚浸不死人，盡量少哭，多思想，想法子解決難題。
大大掛一個笑臉，寧做大笑姑婆，莫叫人討厭。
不再企圖倚靠任何一個人，沒有任何人還是要活下去的。
世界原是冰冷的，冰冷是應該的，社會一點也沒有錯。
一定要利用保健醫生、公共交通工具、免費服務（電話一〇八之類）。

真正難過的時候到街上去站着。

別人說什麼當他放屁，聞也不要聞。

六親是重要的，一定要認。

朋友一定不能得罪，人不如故，衣不如新。

是的，真學會了。

感情

誰説老皮老肉就沒了感情。

今日搬東西打破一面小鏡子，仍惋惜異常。

十年了。還是在英國買的呢，帶來帶去，去遍大江南北，一向喜歡對牢一面鏡子寫稿，久不久抬起頭來看一眼，定一定心，好知道仍在這世界上，沒有被攝入稿紙格子之內。

現在鏡子碎了，魂魄失去歸屬感，可怎麼辦好。

用得那麼舊了才爛，尤其心痛，後悔不應取出用，早應珍藏在家，偷偷在有空時看一看。

母親那時老將舊玩具送人，老與她吵，她總不原諒為何「這麼小事與我過不去」。

她是不會明白的。

洗衣

上一次用手洗衣服是什麼時候？

若干年前，所有衣服都靠手洗，先浸着，然後在洗衣板上搓，洗被單是大日子，直至家家戶戶擁有洗衣機。

此刻，洗衣機一壞，才是大節目。

家務助理先尖叫起來，已沒有什麼人記得洗衣的藝術，除出苦留學生。

在宿舍，用洗衣機要角子，洗衣場的費用更貴，為求省，一於親手來，連牛仔褲都手洗，天下無難事，只怕有心人。

用酵素肥皂粉最乾淨，不過切記戴膠手套，否則指縫會痛，過清了水撈起來搭在水泥汀上，三兩個小時就乾。

地上鋪一塊毛巾，跪着熨，那樣，也過了三年！除了文革，別處原來也有暗無天日的日子。

實在大件頭只得拿出去，裝在皮箱拎到自動洗衣場，等的時候溫習功課，烘乾了又拿回來，練得力大無窮。

能吃苦，似乎是做人首要條件，肉體與靈魂如不懂熬苦，很難走得遠。

爛得有型

時尚雜誌介紹爛得有型衣着及室內裝修。

一看，立刻駭笑。

這簡直就是弟同我七十年代在英生活方式縮寫。

——因為冷，室內暖氣不足，非拼命添衣服不可，而且亂穿，T恤套毛衣外邊，保護羊毛衫，長褲外加燈芯絨寬裙，兩雙襪子，外出時皮鞋外罩膠靴，還有，大衣上加斗篷，頭上戴兩頂帽子，再縛圍巾，不然怎麼敢在下雪天步行四十分鐘，為什麼不坐車？連公路車都搭不起。

住的房子租金便宜得被老匡說「香港車位比它貴」，牆紙統統剝落，地毯全部撬走，空餘木地板，濕氣重，牆壁滴水，只得一隻暖爐一條電毯子，幾件舊家具破毀不堪，有張沙發只餘三隻腳，客人坐下去會摔跤。

換句話說，同時尚雜誌裏那些圖片有得比。

然而人是很奇怪的動物，即使在那個時候，也不是不快樂的。

在那段日子學會寫比較像樣的小說，嚴冬過後，春光明媚，那時到底比較年輕，吃苦變成一種生活經驗，之後對物質的要求低許多。

不我不上去了

一直記得這件事：剛開學，要到八樓上課，電梯壞了，氣餒，與同學說：「我不上去了，我到飯堂等你們，再見」，幹什麼呢，爬八層樓去上四十分鐘的統計課。

可是同學沒放棄，笑嘻嘻，「來，我們幫你」，於是兩個人拖着我的手，一個在背後推，另一人代挽書包，就這樣拉牛上樹。

到了學期尾，要考試了，老師大聲暗示：「有誰還不熟功課的請即刻溫習」，管它呢，正在圖書館看巴黎馬昔雜誌上瑪嘉烈公主年輕時

玉照，高班一個同學走近：「喂，我叫李，我來教你」，「教不會的」，「試試看」，他坐下來，結果，也教會了，原來老師派他來。

這樣拉扯着完成第一年，動輒想回港到明周謀一職位，遇事不管三七廿一即時痛哭，如此膿包，活該吃苦。

後來就練出來了，放入角子咖啡機沒有反應，就飛腳踢過去，聲震屋瓦，還有，誰叫清人便怒目相視，粗口侍候，絕不退縮。

到今日感激那班同學，小女幫我在互聯網上尋找他們下落，可惜不得要領。

劍橋生

你小時候有沒有想過到牛津或劍橋去讀書？

我有，越想越悲憤，漸漸幾乎成為一種枷鎖，以致見了吳靄儀，有點想擰她的鼻子：嘿，劍橋生！看你怕不怕痛，終於沒有付之行動，可見有點涵養了，哈哈哈哈哈。

後來閱報，得知金庸少年時也想過到劍橋，氣就更加下去了，他生長在動亂大時代，升學實在不易。

這一代的年輕人如家境欠佳，後天也可補救，但凡在香港會考成績優異如九優一良的學生，幾乎全部保送劍橋，故此不必怨天尤人，一切乃閣下學藝不精。

不過時下青年們好似嚮往做歌星多過往高等學府升學，可見人各有志。

記得第一次去到劍橋，感覺好比朝聖，站康河畔，鼻樑發酸。弟十分溫婉地勸道：「這裏一年中也有很多人畢業的。」是，但不是我。

那樣想，也沒有朝這個方向努力，可見還是想得不夠。即使儲夠了分數，年紀也已老大，而且，苦也吃夠了，不想再捱。叫小說中女主角去讀，去，統統給我做劍橋生！

移民！英國！

不爭的事實：移民任何地方，生活都不易為。一生移民兩次，一次自滬至港，一次自港到加。

七歲到香港，同時要學粵語及英語，居然還在蘇浙小學學會普通話，仍被父親說成「從未見過如此笨的孩子」，苦頭吃足，沒齒難忘。

又再移民溫埠，都說是個不諳英語亦可通行無阻的美麗城市，然而也無可避免，遭遇許多不習慣瑣事，其中一項竟是女性地位不及香港超卓。

最近，聽說友人終於移居英國，真正嚇一大跳，心內戚戚，不得安樂。

英國！當然，每人條件不一樣，說什麼都較苦學生為高，但是無論荷包多豐厚，那英國天氣灰濛永恆不變，人情疏冷無可進步，一位太太陪女兒往劍橋讀書，三個月未見陽光，住得想自殺，英倫天氣怪在統共沒有夏季，秋冬徘徊攝氏兩度左右，甚少下雪，就是陰濕。

至今想起那刻骨銘心孤苦，百思不得其解，當年為何去得那麼遠那麼久，若想體驗歐洲生活，一個暑假也已足夠，學會什麼？大抵是在圖書館從不出聲，只用紙寫上「去喝杯茶」，靜靜傳給同學。

台語

台語，其實是福建話。

許多台灣小調，用福建話唱出，十分纏綿動聽，最著名例子是《望春風》，可是台灣官方語言是國語，像從前的香港，一般看法是國語片的製作比粵語電影認真。

最近，台語歌曲又比較流行，一日，在電視上看到有人唱《往事甭提起》，歌詞、旋律、歌聲，都比一般國語時代曲好聽。

往事甭提起，多令人惆悵，本來這是指感情上的糾葛，可是煞風景的我一想便想到幾年前存款利息曾經高達十二厘！真是往事甭提起。

我並不諳福建話，只會說「黑白講」及「真好嚼」，還有「莫罣樣」，但聽起台語歌曲，卻時常感動，曾在台北度過最後悠閒的一年，之後投入生產隊伍，苦忙苦寫苦苦掙扎，是因為這樣的緣故吧，聽到歌曲，想起往事。

台語時代曲復興，接着歌仔戲也抬頭，一個國家興旺到一個地步，人民便有自主權，漸漸外省人也講福建話，像香港的上海人學會粵語。

少數服從多數，方便行事，國語絕不會因此式微，閩南話卻重新流行。

台北一年

在台北曾經住過一年整，印象很深。那時候父母的家在新生南路。我在英國唸書，寫回家的信一直是「新生南路，新生南路」……纏綿重疊，孝感動天的樣子，在異國做夢多是回了家，擔着箱子走上四樓，天台上母親的白鴿拍拍地飛，一頭一額是汗，伸手按鈴，來開門的太太和藹可親地告訴我，倪家已經搬走，然後我驚惶的瞪大眼，夢也醒了。

醒來倒覺得沒什麼可怕的，大不了找間旅館住。

可是這便是新生南路，夢境中比什麼都清晰。

父母在台北住過八年之久。很明顯地母親比較喜歡台北，她在那裏很快樂，大部分的時間我只覺得閒得慌，而且實在是熱，一個大暑天下來，整個人被蒸發掉，印象中的台北並不應如此無聊。

但印象中的一切是不同的。印象中的英國潤濕翠綠，實際不可能是這樣的幽美愉快吧。

酷熱天伏在新生南路露台上看對街小理髮店的伙計走進走出，都是年輕憨憨的女孩子，嘴角哼着劉家昌的歌曲……二十多元台幣可以洗一個頭，不同的城市，不同的風光，不同的習俗。

我對於城市並沒有感情，對於台北，只是故宮博物院，父親曾經皺眉說：「每隻瓷碟都一樣，為什麼看來看去還不夠？」我只轉頭笑。

如果你也從一個城市搬到另一個城市，這裏住三年，那裏住一年，感覺恐怕也一樣，有兩句詞是這樣的：如今世道已慣，此心到處悠然，換個城市換新面孔，離開之後一輩子也見不到面，浪擲太多的感情是不行的，心最好的逗留點是胸腔，不是巴黎或三藩市。

但為什麼半夜夢迴，會得恍惚間看見自己坐在一〇三巷的家裏吃燒餅油條。

母親說，她在香港住了多年，還記得上海外婆家的電話——我也記得，老式的黑色電話，置在牆上，鈴聲大得不得了，去聽的不是小舅舅便是小阿姨——凡事是不能想的，印象中的事永遠曖昧而蕩氣迴腸。

香港是目前居住的地方，經過廿一年後，每條路每個區如手掌般清晰，做夢也摸得到回家。

曾經揚言：任何城市，給我三個月，便可以適應得像當地土人一樣。（可是為什麼飛機過境台北機場，會得自動走到那邊去買一盒高級蜜餞？）感情恐怕是不能控制的，很自然的翻出小電話簿子，借角子與台北的友人聯絡，誠然，對城市沒有情感，不過在那處度過的時光，永銘不忘。

老師

中學老師中有馮太，本是教育司署的英文視察官，似乎是個混血兒，教英國文學，對我們說，艾略脱《空洞人》沒有什麼好教的，看懂多少便多少，吸收多少便多少。

但是她有把《朝聖者之旅》析譯一番，正式教育至此告一段落，得益非淺。

還有一位蜜斯蘇，教地理。

十五歲的姪女至今問起任何地理上的問題，教且對答如流，小女孩驚奇不已，告訴她：「蜜斯蘇教得棒！」

老師們不能避免喜歡功課好的學生，不蓋人，騙你是小白兔，在學校裏，功課真是一等一的。

有種奴性，真正碰到心服口服的人，馬上五體投地，言聽計從，永無叛變。

對好的老師和能幹的上司，態度便是這樣，對認真本事的女人，也是這樣。

讀書是極有趣的，只是太浪費時間，學校要選得好，不然的話，三年四年，十年下來，也不見得光榮。

同學

在中學時候一個好同學也沒有，十五六歲便與出版社同人混得爛熟，只覺得同學們非常的孩子氣。

上課時一個人坐在一角聽書，聽完收拾書包走，沒有言語。老師因此不滿，給一頂帽子叫「不合群」，老師也是孩子氣，為此召見好幾次，希望我可以與同學打成一片，一笑置之，沒空呵，誰高興學土風舞，做話劇，到大埔旅行。

那時候擠在「文藝青年」行列中，不知多樂不可支。

看梵高的畫冊，廣島之戀劇本，充十八歲到第一映室看戲，對功課有興趣，對同學卻沒有時間。

所以雖然考着第一，操行往往只是乙或乙減。

據說好學生應當領導同學往前進，對於領導慾強的人是好的，對於一生努力「老死不相往來」的人，簡直是負累。

最記得當時作文堂還在寫「暑假計劃」這種題目，其時早在新生晚報賺着稿費了，真是冤枉。

不不，並沒有來往的朋友是中學同學。

懷念

同中學師姐聯絡上了，她問：「你們那屆，有哪些同學？」想半天，還是只得戴寶心，又隔很久，「好像還有溫婉惠」，再也沒有別的記憶了。

思潮經過引導，飛出去老遠老遠，十歲八歲時的鄰居、玩伴、同學的姓名，都漸漸回來。他們有許鞍華、林婉冰、葉培珍、戚喜喜、薛阮，然後忽然之間，想起了鄭杰。

鄭杰最好了，略大三兩歲，記得他常穿藍色長褲白襯衫，粵人，極耐心，肯教功課，並不嫌小朋友講不好廣東話。

他並不住我們隔壁，也非同學，不知自何處結識，只記得老約在一間修理腳踏車的店舖外等，那時，我還在北角官立小學讀書，事隔多年，想起來，鄭杰的關懷還是很真實的。

後來，像世上一切寶貴的人與物，總會失散。如果要尋起人來，恐怕還不止他們。

台灣出版商叫我到台北，成行的話，恐怕要在當地報上刊廣告：孫望平、陳美芳、向宗玲、劉午琪，你們在哪裏？

還有，到英國去，也得絕望地尋找「七六年某校某系畢業生，特別是夏樂蒂哈甫遜，艾蓮赫胥利以及戴安娜韋伯。」

都失落了除出老好許鞍華，是，這就馬上寫信給她。

尋人

正當我想尋找失散的朋友與同學，中學校長與老師也託老同學尋找我。

事隔三十年，記憶卻還清晰，當然我記得蜜斯蘇，之所以迷上國家地理雜誌，均因當年她循循善誘，教室內放滿此類資料教材。

可是，三十年畢竟過去了，我肯定認識她們，可是她們還認得我嗎，在這個殘酷的都會裏掙扎求存這麼多年，為着生存，有時必須自殘肢體，磨滅本性，為着存活，稍後又設法裝盔甲面具。

我已不是我，你看我身體多扁，為着要在夾縫中來去自若，你看我的喉嚨多麼油滑，因為想說話叫人歡喜，你看我肩膊起繭，皆因多年負着生活重擔。

見了面又有什麼意思，我會講真話嗎，但我早已忘記許多真相，失憶可使生活愉快，在社會大學我考得無數銜頭，論文堆積如山，幾乎已老奸巨猾。

可以肯定校長與老師要見的，不是那樣的一個人，中學畢業時，校長張太這樣評道：敏感、情感豐富、有藝術天份，三十年後，不如改為：麻木、實事求是，有講價天份。

時於舊我與新我均談不上喜歡或否，可是做人的精粹不是在生活得好嗎，除出真正想要的，其餘的也都得到了，還有什麼話可說。

英文中學的中文

英文中學的中文科，則一向是最胡鬧的。

我那個時候讀中文，便視為苦差，老師大都糊裏糊塗，什麼都不懂，也不能怪她們，她們自己也是英文學校出身，沒有機會進修中文。

通常一課古文，連生字都不會讀，便要默了，默書要背得出才可以默，讀都不會讀，又如何默？

查字典，又莫名其妙，一個字擱在那兒，都不知道該查哪個部才行，查了出來，還有什麼切音，切老半天，也不知如何讀，於是索性放棄字典。

每個生字，自己另有一個妙不可言的讀法，譬如說這個「伍子胥」的「胥」，全班沒有一個人知道正確讀法，我當年是有字讀字，無字讀邊，告訴自己是讀「婿」字的。

有一個同學卻妙得要死，她覺得「胥」字的樣子與「蛋」差不多，於是伍子胥竟變了伍子蛋，這人死而有知，不知道有什麼感想？

說起來可能好笑，實在則非常可悲，中文老師坐在那裏，如行屍走肉，每課含糊唸一次後，便死人不理，只要學生去死吞活記，將來會考及格，她的責任也完了。

一聽到中文，大夥兒便頭痛，作文老是「時光忽忽，一年一度的

××又來了」之類的，老師並不提示學生的想像力，學生也就馬馬虎虎，這些中文課便如此被糟蹋掉了。

到如今想起中文科，猶自恨恨不已。

老實話一句，我們那間學校，英文所有課目，都教得好，尤其是地理一門，一班學生，半數以上會考拿優（我自然也優，地理老師最愛我），然而中文，實在不敢領教。

低班的時候，中文比較淺，還可問問母親，到了四五年級，越教越差，早已心灰意冷，得過且過，買的參考書，又一點不行，叫老哥教，老哥又沒空，苦不堪言。

夜裏背到兩三點鐘，有一點會了，做夢也還在背，第二天清早卻又全部忘記了，真會氣得哭出來。

畢業至今已有四五年，想英文書院這中文一科，大概不會有什麼進步，一定還是老樣子。

老字號

「丰昌順」令你想起什麼？

如果你是在香港唸英文中學的，這三個字不會陌生。

那年初升中學，校長叫我們縫製冬季校服，指明深藍色的「線仔絨」要到丰昌順去買，好幾十塊錢一碼呢。

線仔絨在上海叫「嗶嘰」，時髦點叫「加巴甸」，是不皺的上等貨。

呢料買回來以後由母親縫製成裙子，父親特地為我拍張黑白照留念，滿意地說：「是大人了。」那年十二歲。

後來，後來就畢業了。

最近車子經過中環，猛一抬頭，看到丰昌順的招牌，真是老字號。

第一次吃……

什麼都有第一次。

第一次出來做事，明報在謝斐道，忘了為什麼，老編玉體欠和許久許久，忽然有天出現，約我下午茶。

在灣仔那種茶餐廳的閣仔，吊扇緩緩轉動的夏季，桌子上有玻璃壓着各式刨冰的價目表。

伊低頭狂草（柳聞鶯時代），請我吃星洲炒米。

那是第一次吃星洲炒米。

以後廿年，一叫星洲炒米，便想起那次茶餐廳之會，一切對白已經忘懷，但那確是第一次嚐星洲炒米。

第一次吃西餐，在更久之前，約七八歲，尖沙嘴車厘哥夫。

老爹給我看餐牌，隨我叫，興奮的挑免治牛肉飯，誰知一上來大失所望，心中咕噥，這不是肉餅子加隻蛋嗎？家中也有得吃，非常遺憾，真是天下最大的浪費。以後一直拒絕吃免治牛肉飯，因覺得上了大當。

父親喜歡帶我與弟弟到上海館子吃東西：生煎饅頭、蟹殼黃、粢飯、咖喱牛肉粉絲湯（嗶）、油豆腐粉絲湯，普通小食吃來美味非凡。

初中在學校附近吃那種一塊二毛一客的「常餐」，通常包括漿糊湯、番茄牛脷飯，以及咖啡奶茶任擇，第一次吃，威風得勁——中學生了，可以袋着錢出外吃飯了。

第一次在希爾頓鷹巢，對了，你猜到了，由簡而清請小妹妹，叫龍蝦做頭盤，隨即來一個魚，甜品是蘇珊班戟。

阿清一直說：「可憐的橙。」蘇珊班戟主料是拔蘭地與橙，那隻橙在削皮榨汁後還得擱糖漿汁內慢慢的熬。可憐的橙！

許多新奇的食物，都在中學畢業出來工作那頭一年內嚐個飽，畢竟有收入了，又有朋友，愛吃什麼就什麼，連去澳門試香肉在內。

不過當時卻還沒吃到刺身，直到百德新街開了掛着「鮪」字那間日本館子，這是食街的第一步。

大夥趨之若鶩，除了貴，還得冒險，份外刺激。味道真是一流的，鮮美無比。

因為非常豪華奢靡，反而沒有第一次吃永樂園熱狗值得懷念。

還有第一次在山頂纜車站舊店喝咖啡，淺水灣酒店第一客早餐，巴黎第一條長麵包……光是談到第一次吃過什麼，已經無限欷歔。

滄桑的生活。

大家寄情於吃。

衣服

第一次注意到衣服不止是衣服咁簡單的時候，是十二三歲吧。翻着畫冊，看着許多有肩膀有腰身的裙子，忽然覺得母親縫的衣服很含糊，沒有款式，事實上也是，穿校服的機會多於一切，上學放學，偶然有課外活動，也不過是一條短褲應付過去。

那時候我是很聽話的，彷彿每次過年都有新大衣、新衣服，某年縫製的衣服是那種非常鮮艷的粉色燈芯絨，可是因為小，也覺得無所謂，有種喜氣洋洋的感覺。

母親非常懂得縫縫補補，打一手好毛衣，我沒有什麼行頭可翻，也不覺衣服上的缺乏。

讀到近高中，花樣竟多了起來，無病呻吟之餘，喜歡逛公司看時裝。幸虧那時候已經賺了稿費，六元一千字，跑到大丸公司去買了件襯衫，領子上繡花的。

那時候並沒有「繽繽」，牛仔褲也不大流行，小女孩子穿衣服簡直是死胡同，這一段時間我自己做衣服穿，做工是非常好的，曾經見過的人都知道。

第一條牛仔褲是徐增宏送的，淺藍色利維牌。

最近的一條牛仔褲是方盈送的，深藍色，菲奧路昔。

最嚮往的衣服是大花裙子，長度在小腿肚子上，小時候看表姐們穿着，十分的漂亮，決心要做一條穿，但是長大之後，已經不流行了。連布袋裝都沒趕上，倒是結結棍棍的穿了好幾年的迷你裙，大花裙現在又流行回來了，反而不敢穿，怕穿了難看。

但是窄腳褲實在是舒服便當。流行寬腳褲的時候大家想：這窄褲管多醜。流行窄褲管的時候又想：寬褲腳沒良心。流行什麼，什麼看了順眼。

曾經有一段時間，不但愛穿，而且愛買，收入奉獻給「詩韻」。八月便買好了大衣，一包一包的抬回家，真是心靈空虛，謀求寄託，於是便千方百計的穿。

後來又不愛穿了，因讀書的緣故，衣服趨向自由派，只要新鮮，只要溫暖，配得不太考究，比較喜歡淺藍與白色，放棄了以前的米色與咖啡。

到目前，只要是乾淨的衣服便穿在身上，把衣服當奴隸穿，再也不計較，一年只買兩次衣服，一冬一夏，有許多是穿也穿不着的。

做什麼

我做過記者，是一個報館出身的人，也編過畫報，熟悉印刷廠的工作程序，可是絕對不考慮再做這兩行。

字房髒、寫字樓亂，設備簡陋，薪水低，人頭雜，工作前途黑暗……一舉例子，只見缺點。

也不喜歡廣告公司，感覺是非常滑頭浮躁的行業，彷彿要出門拉客的，十分低級。

還有電視台，節目拍攝過程與電影一般艱苦，卻得不到應得的酬勞，觀眾一邊吃飯、如廁、打毛衣、談話、翻畫報，一邊吊兒郎當的用眼角瞄着，因不用購票入場，連最低限度的尊重與容忍力都沒有，一覺不好看便「啪」一聲轉了台。

唸的科目叫酒店食物管理，酒店人來人往，顧客全是對的，成日價躬背哈腰，婢妾相畢露，薪水抵不過痛苦，因此辭職了。

寫稿頗高貴舒適，又不必風吹雨打的擠車子上班，可是上一次加稿費是幾時？只聽見作者嘆「文章不值錢」，只看見物價飛漲，不見得人人都是瓊瑤古龍，因此不能冒險當作家。

啊，做什麼呢？再進大學，拿到博士也還是要出來找工作的，痛苦的人生。

教徒

十七歲便加入明教。

彼時教主不過四十左右年紀，脫離總壇，自創此教，恰恰六個年頭，攜光明左右二使，龍王獅王鷹王蝠王，以及一干教眾，東征西討，擴充邊疆，威風凜凜。

小小的我，一見其功績，即時拜服，宣誓入教，成為不貳之臣，一直至今。

因天份所限，始終是閒雜人馬階級，天天出入教壇，倒也自由自在，雖無成就，別有樂趣。心靜地算一算，說也奇怪，這一行的江湖好漢，多多少少與該教有點牽連，各憑天資及後天努力，揚名立萬，有些已經負有盛名，成為一派宗師，也有些自立門戶，傳授弟子。

同教師兄妹姐弟無數，氣質一望而知，同街外人多少有點分別，另樹一幟。

每人入教，都有不同原因故事，教主發掘人才無數，乃屬事實。日子久了，再不長進，也把諸位統領脾性摸得滾瓜爛熟，有什麼事，一於嬉皮笑臉，故此在教內這些日子，竟然相安無事。

呵歲月悠悠，再小的小師妹終於還是會成為大師姐，可惜輩份管輩份，學問管學問，達者為先，不分前後。

該教對本港文化界影響深遠，可想而知。

鳴謝

同明報各屆各任老總的淵源，說起來感慨萬千，十七歲至今，糾纏四分一世紀，大抵沒有一個副刊作者給他們如此多的麻煩：不肯不寫、非寫不可，自說自話，定規要加稿酬，且要即時處理。

多年來並不見進步，模式照舊，脾性也不見得改善，老總們卻不棄不離，不管哪一位上場，一樣照顧、包涵、容忍這樣一個小小副刊作者，盡量挽留、協助、鼓勵伊寫下去，寫下去。

奇是奇在那幾位老總，個性、外型、性格、年紀、脾氣、背景、學歷甚至是籍貫，都無一相同，卻又同樣善待我。

當然，你可以說他們愛才，可是普香江會得寫寫言情小說的作者車載斗量，哪裏輪得到這個才字，別笑死人才好。

那麼，就是感情因素發了酵，也不對，好幾年都見不了一次面，即使通電話，也公事多於私事，往往一言不合，還大罵山門。

許純是老總們盡忠職守吧——不比別人特別差已值得重視。

也許這更是中國人一直愛講的緣份。

香餑餑

從來不覺得文壇黑暗。

打十七歲做明報種子作者開始，就應接不暇。港聞版上有採訪稿，娛樂版上寫明星專訪，副刊上寫衣莎貝專欄、稿費不夠用，客串一期四毛子小說，連明報月刊都找我寫翻譯，就差沒與武俠與歷史打交道。

黑幕？也有，像以下這件事便是。

往英國讀書前夕，還被明報周刊老總押着去飛機場訪問玉女明星，回到報館，被反鎖在社長室，寫一張，自門縫塞出去，排好了字，又自門縫塞進來校對，否則不放人。

之後就沒有機會再做該等香餑餑了。

正是，只怕你不肯寫，或是，只怕你寫的文字讀者看不懂，否則，一定有得寫。

至於稿酬多寡，其實也並非深奧的社會問題，一般來說，讀者多，稿費必定高，沒人看，自然倒貼給報館也不要。

這麼簡單？就如此簡單。

其間也想過罷寫，泰半與自己鬧情緒或是學藝不精有關，與人無尤。

您說得是

是非皆因強出頭。

凡與生計無關之事，均不必申辯，無謂浪費時間。

當年畢業回來，百廢待興，忙得暈頭轉向，有閒人挺天真可愛地問：「你那學校，是不是野雞大學？」為了省時省力，即時答：「是是是，您說得是，英國本土，除出劍橋牛津，統屬野雞」，也顧不得英國同學會是否要扔石頭，當務之急，是要息事寧人。

稍後在新聞處辦公，那是一個人做三個人工的地方。

忙中有錯，碰見一位會打扮的女士，稍後即聞傳言：「她呀，像那種下了班還要買菜回家煮飯的女人」，咦，根本是嘛，您又說對了，完全正確，至今仍然放下筆就歡呼一聲：買菜去！

一串辯，就煩：你有啥資格講我，你是哪間名校出身，你懂得什麼叫家庭樂趣，你曉得啥叫內外兼顧……結果仍然係我是人非，其實既然他不瞭解我，我也不必去明白他，以後疏遠也就是。

人不知而不慍是很高的境界，極難做到，不過努力向高貴目標出發，總是好事。

我的所作所為，已盡全力，統統是為適應我的環境，不是為滿足他人標準，請多多包涵。

學習

曾在政府新聞處工作，派駐運輸署兩年，那時，一有空，便傳署長蘇先生與各部門往來的文件閱讀，像讀小說那樣，一看兩三小時，越讀越有勁。

蘇先生曾任總督秘書，一手英語寫得好比金庸的中文：明確、扼要，化繁為簡，言中有物，大家當教材反覆研究：呵，原來可以這樣說！茅塞頓開，得益匪淺。

此外，還喜讀葉太的文書，葉太文筆與蘇先生剛相反，句子結構嚴密複雜冗長，理據充份，無瑕可擊。大家都知道，葉太辯才一流，往往據理力爭，對手最後心甘情願屈服。

蘇先生退休後，十分低調，公務員正應如此，有記者請前任警務處長對某案發表意見，他溫文地這樣說：「不在其位，不論其事，不予置評」，叫人由衷佩服。

那種看file習慣，一直維持到離職，以後寫信，先來一句參閱提示，然後是日期地址電話號碼，忽然井井有條。

三人行，必有我師焉。

家鄉

黃河大合唱真會令人血液沸騰三分鐘：張老三，我問你，你的家鄉在哪裏。我的家，在山西，過河還有三百里。

閣下家鄉在哪裏？切莫錯認他鄉為故鄉。回過家鄉沒有，定居在南蠻之地，又有何感想？

蔡老瀾回了一次家鄉，頌讚表妹們之美之嬌之嫩，並非鋼筋水門汀森林女同類。

而上海之繁華矜貴，據蘇馬大女士的形容，根本不是以勞碌為榮之本市市民可以想像。

心飛出去老遠，加上讀李翰祥導演的作品，又聽說北京怎麼怎麼。各人的家鄉有各種說不盡的好處。

於是興起尋根之念。

一日傍晚七點正，在中環下班出來，天邊尚有彩霞，燈火卻已亮起，站在皇后廣場噴水池附近，猛一抬頭，前面是干諾大廈交易中心，左邊是滙豐銀行，右邊是大會堂天星碼頭，身後是香港會所，車如流水馬如龍，各櫥窗內花月正春風。罷罷罷，這就是家鄉，還哪裏去找家鄉。美得不像是住人的地方，是做遊客才有資格經過的城市，逐步看它成長，也隨着它成長，也為它出過死力，也因它享過成果，不是家鄉是什麼。

影樹

我之愛上影樹，倒不是在讀了張愛玲那葛薇龍故事之後發生的事。

很久很久之前，隨母親與弟弟自上海抵港，在一間叫做嘉道理官立小學唸過一個學期的書。

那時候還不懂講粵語，坐在一大群印度孩子與廣東孩子之中，寂寞如沙漠。

週日坐白牌車來回，星期六司機休息，父親答應下了班自中環到銅鑼灣來接放學，於是我在校園等他。

我記得清清楚楚，嘉道理官立小學的校園中，有兩棵影樹，樹頂開滿了紅花，羽狀的樹葉蓬蓬然，秋天時轉黃，如下雨般撒落。

我並不是早熟的神童，遲至十三四歲才看詩詞，當時並不知道什麼叫做拂了一身還滿，只覺得等父親來接往往等於一世紀那麼長，因此對影樹下的期待印象深刻，然而回到家中也就忘了。

後來是因為淺水灣。

有一段時間不用上班，每逢星期二三四上午，到淺水灣曬太陽，火辣辣的靜寂，一眼的浪濤與白沙，影樹那麼慣性地開花，火紅激烈，如年輕人的愛情，非常的淒艷，而且一剎間就謝落，然而明年的花卻又仍然那麼好。引起諸多聯想。

對我來說，淺水灣永恆的美麗與叢叢影樹有不可分割的關係。

理想的住所是一間臨海的兩層樓，房子門外要有影樹，自寬大的露台探身望，恰好觀賞到樹頂的紅花，露台內是陰涼的圖畫室，琴聲婜婜……

大會堂外，一排有六棵影樹，此刻正開花，雨後一地細碎的黃葉與落紅，清晨總是留戀於樹下的長櫈，呵會堂的花園中有人結婚了，披着白紗的新娘子面目都差不多，一貫地笑……

買一個冰淇淋坐在長櫈上吃，因影樹與炎熱的關係，精神異常恍惚，完全有一種生亦何歡的感覺——

落葉就是疲倦的眼淚，是否傷心就不得而知，抬頭仰望，瞇起眼睛，透過樹葉的陽光與藍天是這般的遙遠，生生世世照不到我身上的樣子，我已經老了。

樣。

這時的影樹比任何時間的影樹都為美麗，那感覺卻完完全全不一

我只是詫異時間為何有時候過得這樣的快，有時又這樣慢，大多數時候，如此沉悶，因影樹的美麗，帶來的感慨，不知是幸抑是不幸。

年輕的時候

那時候的精力，倘若可以搬遷到今日來，多麼好！可惜浪擲一切，沒有好好加以利用，老大徒悲傷。

那時不過日日泡飲冰室，看七千次《蕩母癡兒》，耳朵貼在無線電上聽《愛我溫柔》，坐電車從筲箕灣看風景到上環，淺水灣上曬太陽，以及投稿。

噫，咦，回憶起來，倒也並不賴，完全像退休後的理想生活。

一次在電視上看林黛的《不了情》，她與男朋友駕車上山頂談心，小小的跑車，美麗的薄扶林水塘，激發起年輕時候的點滴，那正是當年最受歡迎的旅遊地點。

願望特別多，感情特別豐富，動不動談到理想，都認為在天空飛翔是輕而易舉的事，而中年人之所以萎瑣，乃是因為他們不爭氣的緣故。是不是？每個人都曾經年輕過。

還有，都無端端覺得寂寞，找不到朋友，沒有人瞭解，與父母有代溝，老師沒道理，同學幼稚。

全體視歸如死，一個個都有被控遊蕩之機會。

摸索、學習、犯錯、學乖、跌倒、爬起、再接再厲、再錯、再掙扎，忽然年輕的時代已經不再。

你年輕的時候過得好不好？

牛車水

第一次聽見這個地名，是因為嚴俊李麗華有一套電影，叫《風雨牛車水》。

在台灣，路名正氣得多，三民主義影響之下，道路叫八德、四維、信義、忠孝、仁愛，名正言順的樣子，也容易記，合情合理。

童年時初到本市，只覺得街名不可思議：彌敦、般含、羅便臣……只具音，沒有意思，原來統統是洋人總督的姓名，失敬失敬。

孖沙、軍器廠、糖廠、北拱、金鐘，殖民地風味十足。

邢家宅路、霞飛路、昭通路都在老好上海，華洋雜處，有家鄉風味、有譯音、有命名。許多都改了，無可避免成為淮海路、人民路、政化路。

路名也有出奇的美的，像日落大道，像香榭麗舍。

也有簡潔似第一、二、三、四、五街的。

無論在英國哪個城市，總找得到牛津街。

歇腳處耳，住到哪裏是哪裏，日久生情，即使普通如百老匯，住慣了也有種溫馨感，信件上略有差錯，郵差先生一樣送到。

最重要是，住在該處的時候，心情愉快，管它是青年會路，還是小溪路。

通訊地址

同親友通信，日久與他們的地址生情，因為在信封上寫過多次，一旦去到那個地方，雖是第一次，感覺上已屬熟客，間隔陳設似曾相識，頓生親切。

上車時流利的把地址告訴司機，肯定沒有錯，早已把路號背熟，到達目的地，抬頭一看，到了，就是它，信箱在何處？

歷年來，孜孜寫信，音訊原來便落在這隻小小盒子裏，以後可以放心了，因為實地視察過。

稿件寄往外地報館，也很引人遐思：安全嗎，可靠嗎，編輯可有心焦？總不如親手交到方便，一切只靠一個地址，真是寂寞的。

離鄉別井這種事，對成年人來説，永遠不會習慣，可以認命，但決計不能忘懷過去。

於是小簿子裏，抄滿了蠅頭小字，全都是通訊地址及電話號碼，陌生的、沒有概念的符號。

許多人甫下飛機，輪候行李時已經急急用公共電話聯絡當地熟人，可見晤面是多麼重要。

有一個地址，叫茂名北路二百弄三十號，外婆從前住在那裏，童年時每禮拜必前往耍樂，但，即使再去，一切都不同了吧。

志願

請問閣下，到底喜歡做什麼。

人在不得意的時候，常覺得別人不勞而獲，會得酸溜溜地想：做他敢情好。

沒有這樣的事，沒有一個人好做，老實說，做生不如做熟。

小時候寫作文，哪敢不尊重老師的意思，都填上清道夫消防員這些志願。

幹了一行多年，漸漸成為順民，也不再去細想，到底想做什麼。

真的，如果有得選擇，從頭來過，願意做科學家，記得當年駐守市政局，適逢太空館開幕，認識一群天文物理學家，簡直羡慕得眼睛發綠，太幸福了：研究完木星的大紅斑尚可支薪！

常對弟弟說：「我永遠不會知道你過去十年內做過些什麼。」但是他只要到坊間買幾本小書便可以曉得我為何無事亂忙。

除了發明家，數文藝工作者最痛苦，因為要無中生有。一般科學家只是研究或發現宇宙中現有的現象。

友人移居後打算唸創作文學，聽了大表詫異，論資格，他可以去教徒弟有餘，雖說學海無涯，學無止境，好學不倦，但重複不如從新。

換是我就挑一門科學。

相見歡

不能聊天吹牛的派對沒有意思，一堆人穿戴整齊了呆坐，菜式無味，樂聲震耳欲聾，簡直度日如年，是以喜歡家庭式聚會。

穿腰頭有鬆緊帶的衣裳據案大嚼，熟不拘禮，說說就倒在主人家沙發上，或高唱夜來香，或對本市前途發表偉論，或窮發私人牢騷，皆有益身心。

最望親友發達，大屋大車，好酒好菜，把咱們接了去享樂，次數不用多，一季一度，於願已足。

記得一次在蔡宅，嚴浩、天蘭、我，興之所至，合演《智取威虎山》中一幕，觀眾席上利智與顧美華笑得打跌，真正樂不可支，沒齒難忘。

全女班聚會，更加妙不可言，位位都是獨當一面的精英，每個人都幾乎有資格寫一本暢銷的奮鬥史，與伊們相處，實是榮幸，他日回憶起來，資料豐富，本市有志氣的女兒們，一半是我的朋友。

大哥來港與弟妹見面，飯後到老二家小坐，一進門，見侄兒與其女朋友，馬上覺得匪夷所思，優秀共產黨員與香港小姐共處一室！

難怪後來看照片，人人都笑得合不攏嘴來。

財固然要發，名固然要出，亦但願人長久，時時有機會享受相見歡。

執包袱

精於執拾包袱走路，經驗所至，金石為開。總會活下來的吧，且晃眼又是十數載。

七六年離開英國，積聚了幾年的身外物扔的扔，送的送，最後一個早上洗完臉，同學說：「呵，還剩半塊蒂婀莉絲慕香皂，連毛巾一起給我吧。」

以後該牌子好似褪了色，再也未試過那麼芬芳。

擅搬家，衣服鞋襪只及一般女性十分一，收拾三兩個小時已經妥妥當當，且引以為榮，幾次三番驕之友儕，只得三五雙皮鞋罷了……

千萬別以為這是易事，不知要經過幾許人與事，才會從三兩箱衣物進步到三五十箱衣物，然後又再進化到三兩箱衣物。

同樣經驗豐富的弟說：「當年花了許多運費於帶在身邊的東西，後來發覺全是廢物。」

根本是，可是當其時，捨不下也就是捨不下。一隻香水瓶、若干照相簿、一些廚具，累積起來，抬都抬不動，歐亞美三洲那樣環境世界，誰說不是至大的玩笑。

一邊走一邊扔，不知不見了多少東西，最令人懷念的，是當年的豪情，一時忘記收拾，不知遺漏在哪間舊宿舍裏了。

帶與不帶

每次搬家，總把一大堆莫名其妙的東西帶着一起走，用是一點都用不着，可是拼老命不捨得丟棄。

隨便舉幾個例子：七二年置的打字機，打過無數大小報告，帶，還是不帶；中學的功課筆記本子，帶，還是不帶；六〇年代的水鑽髮夾，帶，還是不帶。

不由得自嘲：真正想勿穿。

終有一日要撒手的吧，不如趁早自由自在，忘記過去，努力將來。

曾經試過一篋走天涯，兩套衣裳，加一本旅遊證件，住宿舍中，小房間，連電話電視也沒有，照樣過了三年，秘訣是盡量利用公眾設施，擁物症自此霍然而癒。

相信我，一個人每天用得着的用品是很少很少的，航空公司定下的廿二公斤絕對是寬裕的限額。

旅途來回，總是替別人帶東西：拖鞋十雙、風濕藥三瓶、傳單一千張、流行小說十種，回程時有煙鮭魚五條、毛衣一打、臘腸兩斤……是否值得，真是見人見智。

也許人家也會夷然說：這人，走到哪裏都帶着，一套戚本大字紅樓夢，咄！啥用場！

帶，還是不帶？使人困惑。

芳鄰

住大廈公寓，真是雞犬相聞。

若干年前一個深夜，忽爾聽見樓下嗚嘩一聲，嬰兒啼哭，知道有一個小生命出世了。嬰兒房就在我們工作間樓下，天天伏案寫稿，可聽到樓下幼兒動靜，他由一菲律賓人帶領，那菲傭十分疼愛他，不時唱曲子給他聽。

漸漸長大。他有一隻橡皮鴨子玩具，按動時吱吱吱作響，又有一架車子，可以騎上去划着腿走，一日蓬一聲，糟！摔下來了，果然，過了數秒鐘，他痛哭起來。

自窗口張望，可看到他坐在露台小櫈子上，由菲傭餵食糊狀不知名食物，一吃一大碗，真乖。學講話了，成日噫噫噫噫噫噫。陪伴了樓上那寂寞的寫作嬸嬸足足兩年多。

過農曆年了，他有親戚來訪，好幾個孩子玩在一堆，看下去，咦，發覺他穿着小裙子，原來是個小女孩，正十分倔強地把比她高大許多的親戚小孩推開好看風景。

後來，我們搬走了。

寫作多年，很多時候都沒有書房，其實無所謂，真正埋頭苦寫，並無抬頭看風景的時間。

不過始終感謝樓下幼兒帶來的無數微笑。

怪病

有一種怪病曰耳水失去平衡，患者甚眾。發作起來，至為恐怖，但覺天旋地轉，整個房間倒轉，走路要扶緊牆壁方才站得穩，躺在床上，閉着眼睛，像是墮入無底深淵，繼而嘔吐大作，全套內臟像是奪腔而出，胃部抽搐痙攣，辛苦得自尊蕩然無存，痛哭失聲，只想息勞歸主算數。

彼時早把三十年來爭名奪利之心丟到津巴布韋，怎麼說怎麼好，只要頭暈停止，一切有得商量。

怪病來去如風，毫無預兆，快則逗留三兩小時，不幸也會得拖到三兩天，有位朋友說，第一次發作時，還以為死期已屆，直奔急症室。

後來也都認命了，病發，吃點藥，好好休息，心裏明白，凡事皆能嬉皮笑臉，遊戲人間，健康可真馬虎不得，躺床上，十克拉鑽石也不會增加人生樂趣。

同病相憐，坐在一起也互相討論，然而始終不明白是什麼事刺激到耳中小小半圓形軟骨裏那一點點耳水失去平衡。

是用腦過度、生活壓力、情緒低落、工作過勞？

沒有人知道，不過有一件事倒是事實，少年十五二十時，誰也沒聽說過有這種病。

哀樂中年

那是一個冬季，剛做完第一次手術在復元中，婆婆忽然去世，老伴哀痛之餘，除出上下班，便關起門聽音樂，公寓裏鴉雀無聲，還是得忙着趕稿，又得企圖盡量克服痛的感覺。

忽爾敏儀來召，要到上海總會吃飯，這才發覺唯一的黑鞋因頻頻往返醫務所經已踢得鞋頭發白，不甚雅觀。

能不能用簽名筆描黑呢？大抵不可以，只得穿着舊鞋，提早半小時出門，先到置地廣場買新鞋。

一看，所有店舖均已打烊，只餘添勃蘭尚在營業，於是跑進去，買了兩雙黑鞋，即時穿上一對，才去赴會。

那一年真是狼狽，一則苦忙，二則無心情，弄得衣服鞋襪都不周全。

這才恍然大悟，原來過了寂寞的少年期、徬徨的青年期，掙扎的壯年期，並不見得可以安逸下來，這個時候，自己的身體總會出點毛病，而且，父母年邁，要離開我們了。

唏，真不是味道。

接着的一年，又進一次醫院，康復得非常慢，六個月內尚須頻頻到診所打針取藥，然後，嘭，就得收拾行李搬家了，何來時間與親友歡聚。押到今日才訴苦，已是大躍進。

謝謝

三十四歲那年，倪匡這樣說：「真想不到阿妹晚年還得到婚姻」，啊，他金口一開，果然覺得如此，故此寫了《我的前半生》。

稍後內地開放，秀姐大女李丰拜年，代她子女尊稱姨婆婆，啊，是，是。

接着小女學普通話，一日放學，學得新詞，這樣說：「媽媽，你是老婆婆。」

對，對，半點不錯。

最近，在街上，看到女長者摔倒，幸虧兩名少年奔近扶起，老伴說：「啊，太不小心，這一跤有得苦吃。」忽然想起，「你也是老太，走路要小心，否則後悔莫及。」

你看，不怕虎一般敵人，只怕豬一般親人，仍舊喜穿牛仔褲的我只得說：謝謝，謝謝！

看電視新聞節目，總理見民眾接受問話，一位精神矍鑠腰板筆挺白髮老太站起：「我今年九十二歲——」在場眾人立即齊齊鼓掌，老太耳聰目明，叫人佩服，還有心緒參與社會。

老得那樣，為什麼不呢。

吃生日

童年時生日吃雞蛋，如有一套新衣，最好不過，洋娃娃也是受歡迎之物。

少年生日，吃得比較豐富，最喜歡家母炮製的三種食物：葱烤鯽魚、羅宋湯、炸春卷，加一個炒麵，其味無窮。

青年時已有稿費收入，大吃大喝，舌頭麻木，到了生日，過年，累得什麼都吃不動。

之後改嗜蔬菜沙律，加藍芝士醬，據道不同者說，遠遠已覺難聞，不知為什麼有人生日會吃這個。

以往生日總會回家吃頓飯，許多老習慣因環境人事變遷不得不改掉。

體貼的友人於是作東請客，且有禮物可收，實用的如照相機真是終身受用，也樂得放假一天，明天再忙。喏，就是若干若干年之前的今天，我這個人出生在世界上，自該日起，擁有七情六慾，喜怒哀樂。

翻閱幼時照片，同大姐相擁，與三哥排排坐，與弟弟面對面……在生日那天，特別欷歔，人與事如錄影機快速搜畫般刷刷刷飛越而過，我的前半生，我這一輩子，由一個個生日組成。

你要什麼禮物？啊不用，我什麼都有，滿足與快樂，均是一種心態。

電話鈴

移居多倫多的朋友，清晨四時，夢中忽聞電話鈴響，驚醒，撲出去接，電話已掛斷，結果他坐到天亮，不能再睡。

電話終於接通，原來是損友問候，為什麼嚇得魂飛魄散？因為香港尚有老人家，半夜三更電話鈴響，怕只怕沒有啥子好消息。

我也試過這種情形，一秒鐘內即時清醒，立刻搶過聽筒，幸虧只是老總，聽到他在另一頭問助手：「此刻那邊是日是夜？」是白天早晨五時半。

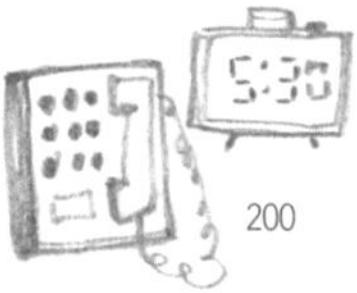

結果某日早上七點三十五分，電話鈴一響，最不願意聽到的消息終於來臨。

出乎意料之外的平靜，弟在新加坡問：「你好像不大傷心。」記得還安慰他：「人總有一日會息勞歸主。」但心中很明白，那是因為震央未到神經中樞之故。

自此對電話鈴更是怕到無可再怕，與同病相憐者談起，幾乎沒抱頭痛哭。

沒有消息便是好消息，老兄弟姐妹忽然共聚一堂，總有事故，大告而不妙。

最後，希望諸益友損友，豬朋狗友，撥電話時比較有時間觀念。

蹲地下

與老伴唯一的共同興趣大抵是逛美術館。

一孵大半天，傍晚揹着畫冊回家，所費無幾，不亦樂乎。

那日，蹲在地下，近距離研究一具石雕，忽想起多年前偕父遊台北外雙溪的故宮博物館，彼時曬得黝黑，穿舊褲，也是那樣趴地下不知道看哪隻瓶罐，聽見父在身後斥責：像叫化子！

回憶到這裏，馬上站起來挺直腰。

美術館裏太多好看的藏品總是叫人興奮，精神亢奮過後一定會累，雙腿支持不住最順理成章便是往石階上一坐。

老人家就看不過眼。

那時候真是走到哪裏坐到哪裏，廣場、街角、飛機場、博物館、草地……成群結隊的學生，像白鴿那樣聚集在不用花錢的休憩地帶，吸收日月精華，外型頗為髒破，大抵也不是不像叫化子的。

總不能這樣到老，漸漸變成一個爭稿酬專家，逛完美術館，可以去壽司吧鬆弛享受，不用蹲地上了。

焉能不感慨萬千。

誰生下來就是個開口閉口講數目字的傖俗動物，均為生活所逼。

照片

報上刊出老二中學時期的報名照，看後着實感慨了，經過那麼些年，走過那麼多地方，發生那麼多事，他仍然珍藏着青年時的小照！真是奇怪，世上無論發生何等樣劫難，總有照片作見證，甚至安妮法蘭克還留有玉照。

可見人類的鬥志何等頑強。

近三五年也嗜拍照，替人拍，也為自己拍，照片這件事，拍的時候不但麻煩，也近乎無聊，可是日後看來，往往滋味十分。

曾經有一段日子，近十年左右，一張照片也沒拍，現在想起來，那千多個日子像是隨時可以一筆勾銷，當它沒有發生過。

最早一張照片由父親在上海替我拍攝，三個月大，戴手製布帽，坐藤椅子上，表情平和，算一算，該是十二月，隆冬，該日有陽光，轉瞬間四十餘年。

怎麼可以沒有照片，隨便裝在盒子裏好了，沒有空，不整理也罷，買隻有日曆的便利照相機，亂按即可，生活記錄，不必沙龍。

友人之間，有些極之出名，將來簡直有機會做特區首長，連忙拍照留念，以茲識別。

忙拍照忙沖曬忙得不得了。

往事趣事

難得有獨自靜思的機會，想到較年輕及較快樂的生活片斷，忍不住落淚。

其實不過是很卑微的享樂，有一段時期常常與西西約會，兩人愛結伴往尖沙嘴格蘭酒店吃自助午餐，吃，拼命的吃，鬥吃得多，吃得難以動彈，蹣跚地步行到星光行訪友。

找誰？秋子君。

他一見我倆，立刻請客到海運大廈美心喝下午茶。

大概誰都想不到西西會這樣好玩，伊竟挑戰我吃不下整客香蕉船冰淇淋，兩人又開始吃，秋子大概不會記得那個下午，我們兩個，吃得滿臉通紅的尷尬相吧。

我記得是我贏，因為個子比西西高大。

真是有趣的一件往事，以後每吃香蕉船，都想起西西。

既然那麼高興，為什麼要淚盈於睫？

時間總要過去，人總會老，曾經為這樣的小事這樣高興過，夫復何求。

跟着的一段日子為生活營營役役，馬不停蹄，只知道天亮爬起來做，累了倒下休息，許久沒有見良朋益友，因此相信，風流之後必有折墮。

現在

與舊老總兜風，她忽然說：「老老實實回答，你最快樂的時刻在何時。」

老總們統統稀奇古怪，可是這也難不倒我，十五年前，剛畢業回到香港，幾乎連替換衣裳也無，穗侄問：「你最快樂是什麼時候」，我答：「現在」。

穗侄當時的反應是「姑姐那你要求並不高」，根本是，要求基本得連自己都吃驚。

不過最好不要用到快樂這樣嚴重的字眼，換作開心比較好啦，於是笑答老總：「現在最開心。」

身體健康，吃得下睡得着，有個家，可招呼親友，有節蓄，衣食不缺，有讀者，可寄心聲，最要緊的是，到了一定年紀，徹底瞭解自己要的是什麼，以及可以去到什麼地步，沒有奢望，也沒有失望。

可是又還有興趣精神去阿拉斯加看冰川，到育空參觀舊金礦，再不開心，還待幾時，快樂是一種心態，一個人若不懂自得其樂，那麼，再添一隊兵以及航空母艦飛機大炮也無用。

何況淨是在家寫作，已毋須見不愛見的人，不說不由衷的話，不做不喜做的事，自由度這樣大，開心到極點。

自由

對新加坡有特殊感情，弟一家五口，外甥女一家三人，以及老父都在星洲定居，蕉林椰雨，民風純樸，假如有能力在烏節路置公寓一幢，即願長住彼處，照寫稿，照耍性格，不亦樂乎。

一日看台灣攝製之電視連續劇，忽爾懷念台北新生南路歲月，桂花香、蟬長鳴，啊賣麻糍的小販又路過了，孵孵茶室，逛逛書店，不知多開心。

敏感的人都嫌倫敦天氣差，可是那個都會的文化，管它天天落貓落狗落大雨呢，清晨在公園裏與途人打招呼，霧重，彼此都看不見對方下身，不知是人是鬼，有趣得緊。

溫哥華四季均美，居住環境首屈一指，食用也好，物價也還算廉宜，極適合住家。

每個地方都能住上一段時期，那才理想呢，根本每個都市都有它的優點，何必故意挑剔，愛去，多去幾趟，不喜歡，大可不到，老實說，你要是快活，在哪裏都快活，不必找一個十全十美的城市或一幢無懈可擊的洋房。

那麼還有香港，笑稱在置地喝杯咖啡逛遍名店叫朝聖，每個遊客當鄭重執行。

每個自由的都會都好得不得了。

酒徒

美國大學生酗酒問題嚴重，常有酒精中毒喝死了的例子。老師、家長、心理學家都痛心地問為什麼？

有一個時期我也喝得很厲害，今日想起來，完全知道為什麼，是因為恐懼，覺得無法應付現實生活。

那時年近三十，不再年輕，又自覺一無所有，故不想昂然進入新中年行列，滿有力氣，可惜賣不到好價錢，一到黃昏，但覺茫茫然不知何去何從，最好的辦法便是一杯在手，渾忘明朝。

幸虧有酒，否則緊繃的神經折斷更不堪設想，直喝了好些年，情願捱宿醉，醒了則拼死命做，白天打工，傍晚寫稿，週末做劇本，每晚必喝威士忌加冰，香醇可口，誠為精神一大寄託。稍後不能解決的事漸漸逐一解開，喝酒目的也由逃避變為怡情，還是喝，已不大昏死。

記憶中住宿舍的同學在抽屜中大都藏有一瓶二號拔蘭地，大考時精神抑鬱，喝一口可以解悶。

人生每一階段，總有想喝上一杯的時候。到了今日，走過酒鋪，看到百齡罈酒瓶，還非常有親切感，像見到老友一般，從來沒想過要戒，一待有空，必定崔護重來。

移民

移居另一個國家，另一個城市，一般的說法是，頭三個月最辛苦，萬幸捱得過百日，就可以過一生一世。這話當然是經驗之談。

每個人的感受卻不大相同，初到貴境，第一年必定有許多要事待辦，像重新置房子傢俬雜物、替孩子們找學校、辦戶口買保險搞新人際關係，摸熟每一個角落，找間合意的咖啡店或是理髮店……東走西逛，一下子大半年過去。

是生活納入正規之後才覺得寂寞似無底深潭的吧，那時，可能已是兩年之後的事了。

開始想念友人某、某與某，寫傳真時措詞越來越肉麻：「春天來了，花兒開了，你的倩影不住在我腦中出現」，簡直惆悵舊歡如夢。

到了第三年，肯定坐立不安，做夢之際，會得發覺自己站在舊家的客廳中央，與親友歡聚，一切像真的一樣，驀然驚醒，知是夢，不勝悲。

回去？呵也不是一走了之可以解決，到了這個階段，新的環境新的文化已經潛移默化地做了工夫，拿着護照回流，會發覺真實世界到底與夢境有點距離。

家母自五二年移居香港，生活至九二年，我知道，她從來未曾習慣過，她想念上海娘家至苦。

湖區

第一次看到湖區，那種震盪感叫人迷茫。

站在碧綠的溫德米爾岸畔，藍天白雲，兩岸一邊是白色的梨花，另一邊是粉紅的桃花，足下是一畝一畝那般漫山遍野的洋水仙，風景像康斯脫堡油畫。

英國鄉間特有的靜寂使陽光燦爛的春日也帶絲絲憂鬱，一個人坐岸邊，一邊吃冰淇淋，可以將過去未來都通徹地想個明白。

那年我廿七歲，白天做女侍，晚上寫稿，酬勞用來交學費，不是沒有感慨的，可是傷痕似統被湖光山色撫平，穿爬山靴，步行至附近小鎮蓬尼斯郵寄稿件，賺了三個月外快，功德完滿，折返曼徹斯特。

昨日閱國家地理雜誌，知道去年有一千二百萬名遊客去湖區遊覽，幾乎踏平那著名的國家公園。據詩人考羅列治說，湖區的風光美得使他每日刮鬍髭都傷臉，因為鏡子擱窗前，美景使他恍惚。這是真的，數百年來，凡到此一遊之人均被迷醉，從來沒有一處地方，能叫人心思如此繾綣。

攤開圖片一看，引起絲絲回憶，湖區與巴黎，最好每處每年住兩三個月，其餘時間，住在一隻郵輪上。然後感慨人生其實一點意義也沒有。

梳頭

小孩頭髮養長了，天天早晨還得勻出時間來替她梳頭，添了許多髮飾用品，逐樣試，十分有趣。

又找到髮型書參考，林林總總一大堆，專門圖解梳理髮辮，花式之多之美，令人讚嘆，先用一團毛線，學着打來打去，練熟了，才梳真頭髮。

「今天，梳兩角辮子嗎？」「不，馬尾巴」，「明日呢？」「蒙蒂太太說，跳舞要梳髻，用髮網」，「沒問題」……

因怕麻煩故留長髮，平日學毛毛那樣梳一條辮子，最近學會做法式辮，十分派用場，美觀得多。

張導演有一套影片，叫《自梳女》，光是聽戲名，已經夠淒婉，從前上海，富裕人家，都僱着梳頭娘姨，即私人髮型師，可見一技傍身，到處通行。

侄女小時喜替芭比洋娃娃梳頭，真是巧妙的情意結，又愛問長髮的大人：「替你梳頭可好」，往往扯得一地頭髮，疼痛難當。

母親告訴我關於李蓮英替慈禧梳頭不掉一根頭髮的故事，「怎麼可能呢，」她躊躇，「大概都藏到馬蹄袖裏了」，如今，每次洗頭看見落髮，都想起母親。

家貧

許多名人接受訪問時都愛提到：「幼時家貧……」為英雄不論出身現身說法，毫不掩飾並且詳細形容戰後香港物質匱乏，環境欠佳。

最令人動容的是，當年他們也不是不快活的孩子，嘻嘻哈哈，天真活潑，長大後，在毫無指引下勤力讀書，自學成才，並不覺苦澀，更不抱怨。

直至與新一代比較，才知道當年真的什麼都沒有，自製玩具，自繪小書，自得其樂。

弟喜歡用空線軸與蠟燭做坦克車，我會替洋娃娃縫新衣，兩人都曾替小學生補習功課，愛來回步行到租書檔借金庸小說……

我倆很開心，閒聊時也曾談到生與死問題，最近他在星洲接受訪問，忽然這樣說：「小時家庭環境不好……」我莞爾：來了，來了。

要升學時，也都達到目的，自學校出來，稍後均找到理想終身職業，生活從來不易，吃點苦份屬應該，每日都要小心經營。

可有遺憾？當然有，虛榮如我，一直還掛念十七歲那年想買而買不起的大格子摩唏大衣。

鬧鐘

我是家裏鬧鐘，而本身卻不需要鬧鐘，每日清晨五時必定醒轉工作。有時寫得暢順，一抬起頭已經七時，嚇一跳，連忙喚醒家人：「遲到遲到」。

週末，故意不去叫人，他們竟可睡到十點，由衷佩服。每個人習慣不同，編輯七時三十分來電，客氣地問：「有無吵醒你？」據實回答：「已經寫完三千字」。

清晨，腦子彷彿特別清靈，可以想到很遠，彷彿不費吹灰之力便沿童年兜一個圈回來。

晚上最倦，拒絕討論家事、功課、是非、對家人說：「不要吵，否則鬧鐘將攜護照返回亞洲。」

少年時也是一早起床梳洗出門，乘公車上學，避開擠塞，回到課室，還有個多小時可以溫習功課，弟比我更早出門，他的中學在九龍，需要乘船。

另一位鬧鐘太太對早上不大願意起床的兒子說：「不如我去打聽有無夜校，替你報讀」，這一代都比較嬌縱，車子自家門送到校門，還嫌書包重功課多。

記得讀中三時擁有一隻小小鬧鐘及一本小小英漢字典。

已經開始寫作，賺取稿酬。

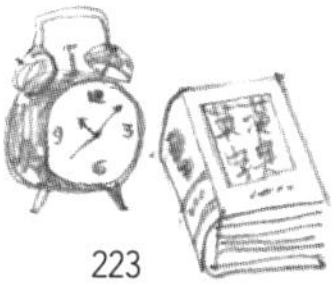

熨衣服

怎麼樣都忍不住要熨衣服。

早些時是靖弟，這樣忠告：牛仔褲毋須熨平，今日是小女說：媽媽，你不用努力熨牛仔褲。

可是，老式人還是堅持熨衣裳：臉皮已經有欠平滑，襯上稀皺衣褲，成何體統，同新派人想法不同。

最近，看到時裝設計師把男式西裝外套壓皺一團糟出場，嘆為觀止，唉，從前，不是說西裝筆挺嗎？

這些年來，仍穿牛仔褲，仍熨牛仔褲，認真固執，當一件事來做。同其餘家長說起：「女孩的衣物最好壓一壓，男孩的就不必了」，一天換幾次，線衫真不用熨。

小時專幫父親熨手帕，無論去到何處，第一件事是買隻熨斗，鋪一塊布在地上，把衣服熨平穿上，精神為之一振，繼續奮鬥。

做家務是種心理治療，覺得寂寞，可一邊聽收音機一邊幹，一直是家務專家，市面上有何種新肥皂粉或去污劑，統統知道。

若不管家務，真會以為自己是個作家呢，哈哈哈哈哈。

鐵路

你喜歡鐵路嗎，我很喜歡乘火車，清晰記得，七歲那年，與母親及靖弟，合共三人乘列車自滬抵港，經過鄉村及城市，終於停站尖沙嘴，由穿西服的父親來接。

少年時，去沙田旅行，也乘火車，記得要經過兩處隧道，忽然黑暗，電燈亮起，總有點緊張。

在英國，從曼城到倫敦，過多佛海峽到法國加利往巴黎，也乘火車，車廂搖晃，節奏隆隆，乘客特別渴睡，一時分不清是他鄉抑或故鄉。

加拿大太平洋鐵路由華工血汗建築，地勢險峻，貫通洛磯山脈，據說，每一公里都埋葬着華工骸骨，乘這條鐵路經過大草原，特別感慨。

偉大的青藏鐵路已經通車，從北京乘特快列車到拉薩只要四十小時，列車經過高寒凍土地帶，車廂設供氧系統，這條鐵路打通了中國東西部，是全世界唯一在海拔四千米以上的鐵路。

車廂狹窄，可是比飛機艙舒適，食物也較多選擇，晚餐時常有樂隊演奏，不必豪華如東方號列車，一般火車服務，已使人高興。

停站了，可下車遊覽風景，比起乘郵輪更加暢意，多走路使人心胸廣闊。

南腔北調

我家五十年代自滬南遷，印象中香港對北方新移民有頗大容忍度：電台有國語節目，時代曲十分流行，電影有黃梅調。館子有四五六與老正興，南貨店裏賣扁尖、對蝦、大閘蟹、火腿……什麼都不缺，家母從未學會粵語，似乎也不影響生活。

到了六七十年代，估計這些移民子弟都學妥英語，習慣大熔爐生活，國語歌曲及電影便漸漸淘汰，粵語抬頭。

我最喜歡的電影是《不了情》，有一幕，林黛把MGB開篷小跑車停在半山香島道，維港景色一覽無遺，鏡頭有些像希治閣的《捉賊記》：嘉莉絲姬莉也在山上眺望蒙地卡羅灣景。

那時的殖民地香港！

荷里活正流行宮闈片，場面壯觀，彩色艷麗，我與弟時時去看早場《華倫王子》、《圓桌武士》、《聖袍千秋》等電影，五角戲票，姐弟共坐一椅，價廉物美。

記憶中國粵兩派河水不犯井水，直至中學畢業，入了行，金庸倪匡張徹他們被稱江浙幫。

我是港派，早已同化。

清涼不再

溫埠有兩個優點：人口稀疏，天氣陰涼。都會越來越擠，已是事實，但做夢也未想到，全球暖化，竟會去到如此地步。

夏季有幾日比香港還熱，坐着不動也出汗，晚上仍不轉涼，只得躲到地庫，可是仍難入睡。

多戶人家一早已經裝設空調，但家家如此，熱氣往街上噴，還算低碳生活？環保仔如小女連聲反對。

可是，牛奶斟出在杯子一小時後凝成奶糕，噗一聲倒出，西瓜切開邊吃邊聊天，不一會餿掉發酸！這樣誇張，令溫帶居民瞠目結舌。

衛生署在街頭派發瓶裝水，又呼籲老弱往社區中心避暑，孩子們不要再在烈日下往操場。

比熱帶還熱帶，床褥簡直發燙，傍晚雷聲隆隆，好像置身新加坡。

這叫做酷熱，天氣台緊張得很：「明後日可望涼快」，「對不起低氣壓將持續至週末」，「為安全起見，請勿打開窗戶睡覺」……

攝氏三十五度！熱得果蠅蚊子都孵出來。

過幾日清涼，市民仍喘息不已，明年會否變本加厲。

英語

英語算是比較容易學習妥善的外語……文法簡單，發音不難，一直覺得學好英語，猶如得到一枚世界之匙，受用不盡。

身為留英學士，對北美英語不敢恭維，短短兩百年，把發音優美的英語糟蹋到這個樣子！正如蕭伯納名著《賣花女》中赫勁斯教授諷刺：「在美國，他們也講一種叫英語的語言。」

老華僑英語不在批評範圍，指的是一般青少年，不論族裔，都說一口壞英語，急速，不分標點，尾音忽爾往上升，缺乏詞彙，天地萬物均是cool，awesome，what's up…… 聽出耳油。

好幾次在商場，年輕服務員一輪嘴說完，見我木無表情，以為阿姆不諳英語，好心一字一字再說一遍，真未料到會被人嫌棄英語程度，唉，只好人不知而不慍。

作文科，他們的老師千叮萬囑：不可我手寫我心，信不信由你，華裔學生英文水準最高。

一次對牢BBC不願轉台，因為首相卡梅倫出來發言：精簡、動聽、標準英語，久違矣。

那一天，聽見女兒對同學說：「家母英語沒有亞裔口音」，老懷大慰。

癡心

下午三時多，正是女兒放學時間，門鈴響，連忙趕去開門，隔着玻璃，看到她蹲着，身旁有一微笑年輕人。

啊，誰？莫非終於把朋友帶回？定睛一看，噫，一點也不像阮經天，黃黃瘦瘦，貌不出眾，不過，過得了她父親那關，把他載回，想必有點意思。

正歡喜莫名要開啟大門，那女生抬起頭，什麼，是陌生人，呵，完全會錯意，表錯情。

年輕男女原來是一對傳道人。

當下立刻打手勢道謝表示不便多談。

怔半晌，不禁嗤一聲笑。

電光石火間癡念竄長。

真沒想到會走進這個俗套裏。

多年前在新聞處工作期間，有姓蘇少女，她母親一直向我們打聽：「她有男友沒有，可有人接送，可否請各位留意一下告訴我知。」同事代伯母做耳目，結果少女怪我們多事，大發雷霆，噫噫我們還是她長官哩。

所有家長都關心這件事。

精明？

老伴把女兒第一份薪水支票用框架鑲起。

「你的第一次稿費呢。」

一直以來，都承認不是一個多愁善感的人，第一份稿費，來自《西點》雜誌，好像是港幣三十餘元，領取當日，便到大丸公司買一件漂亮鑲珠片花邊人造絲的小飛俠圓領襯衫，穿身上。

不知多實際，從那時開始，一手包辦自身生活費用，迄今，從未做過伸手牌，不算闊綽，漸漸量力而為。

「母親，你對收入運用可聰明。」

蠢到不能形容，後悔至今。

老伴連忙說：「我也笨得毫無積蓄。」

至今看到漂亮衣服，雙眼會發亮：這件青蓮色呢大衣必須置給女兒！

人家是雙劍合璧，這裏一家是三傻同氣，貌寢，性愚魯。

阿女進門脫鞋，新鞋進去，出來穿別人的舊鞋，新鞋已為人換走。

還有，住宿舍六年，不知隔鄰是一名英俊的醫科男生。

連衛兄那樣公認聰明的人，今日也自認愚蠢，誰說不是。

忘不了

少年時，一直認為人到了中年，必定會把年輕時所有的人與事忘得一乾二淨，涓滴不流，否則，中年人怎麼會老說他們不瞭解少年人，並且有代溝存在。

時光如流水，一去不復回，等到自己踏入生命另一階段，卻發覺年輕時所有一切均歷歷在目，統統忘不了。

清晨，黃昏，思維特別清晰，人腦記憶系統比電腦優秀，可以不按次序抽查紀錄，一下子飛出去老遠，把童年及少年時情景自空蕩空間喚回重演。

於是時常有成年後的自己搖頭嘆息地看着少年時的自己愚蠢地跌倒爬起，完全像衛斯理故事情節。又因隔開一大截歲月，宛如前生事，應該是不記得的，可是又明明記得，故不敢向任何人提起，免得麻煩。

記性在不該好的時候太好，或在該好的時候不好，的確受罪。

同文說如果有機會再來一次，他必然朝相反的方向走，看看結果如何，那想必是因為他無論向左向右走，生活都同樣精彩的緣故。

有些人的生命中沒有路，每走一步都似墾荒，一路上開山闢石，或許有機會紮營休息，或許力竭倒下，不能往回走，自然也不能往相反的方向走。

書名　看庭前花開花落　作者　亦舒

出版　天地圖書有限公司
香港皇后大道東109-115號
智群商業中心十五字樓
電話：2528 3671　傳真：2865 2609

香港灣仔莊士敦道三十號地庫／一樓（門市部）
電話：2865 0708　傳真：2861 1541

設計及插圖　Untitled Workshop

印刷　亨泰印刷有限公司
柴灣利眾街27號德景工業大廈十字樓
電話：2896 3687　傳真：2558 1902

發行　香港聯合書刊物流有限公司
香港新界大埔汀麗路36號
中華商務印刷大廈3字樓
電話：2150 2100　傳真：2407 3062

出版日期　二〇二〇年四月／初版・香港